Anni Deckner

Leuchtturmtage

Die Autorin

Anni Deckner, geboren 1961 in Winnert bei Husum, lebt mit ihrer Familie in Hanerau-Hademarschen. Ihre Liebe zur »Grauen Stadt am Meer« kann man in ihren Werken spüren. Die kreative Luft des Nord-Ostsee-Kanals inspiriert die Autorin genau wie damals den berühmten Dichter Theodor Storm, der an diesem Ort seinen Schimmelreiter zu Papier brachte. Ihre Leidenschaft zum Schreiben entwickelte sich schon in früher Jugend, ihr erstes Buch »Heimathafen Husum« erschien jedoch erst im März 2014, gefolgt von »Knocking Out« 2015. In ihrer Freizeit geht die Autorin gern mit ihrem Mann auf Reisen. Ihr Beruf und gleichzeitig Berufung ist ihre Arbeit bei der Kirchengemeinde Hanerau-Hademarschen.

Das Buch

Seit fünfzehn Jahren ist Stella glücklich mit Holger verheiratet. Aus der einstigen Schönheitskönigin ist eine zufriedene, rundliche Hausfrau geworden. Als Holger Stella kurz vor Weihnachten von einem Tag auf den anderen verlässt, fällt sie aus allen Wolken. Offenbar legt er doch mehr Wert auf Äußerlichkeiten, als sie wahrhaben wollte. Um wieder einen klaren Kopf zu bekommen, macht sich Stella kurzentschlossen auf den Weg zu ihrem Bruder, der in Westerhever den alten Bauernhof der Familie betreibt. Auf der abenteuerlichen Fahrt über verschneite Straßen nimmt sie den Anhalter Hauke mit, und die beiden kommen sich näher. Im Norden angekommen packt Stella bei der Stallarbeit mit an und trifft so den charmanten Tierarzt Michael wieder, mit dem sie sich schon zur Schulzeit gut verstanden hatte. Doch dann taucht plötzlich Hauke wieder auf. Stellas Gefühlschaos ist perfekt und sie muss sich entscheiden – wen will sie bei ihrem Neuanfang an der Nordseeküste an ihrer Seite haben?

Von Anni Deckner sind bei Forever by Ullstein erschienen:
Barfuß am Strand
Leuchtturmtage
Die Sehnsucht der Inselärztin
Friesenglück

Anni Deckner

Leuchtturmtage

Ein Nordseeroman

FOREVER

FSC
www.fsc.org
MIX
Papier aus verantwortungsvollen Quellen
FSC® C083411

Originalausgabe bei Forever
Forever ist ein Digitalverlag
der Ullstein Buchverlage GmbH, Berlin November 2017

Umschlaggestaltung: zero-media.net, München
Titelabbildung: © FinePic®
Autorenfoto: © privat
Satz: Pinkuin Satz und Datentechnik, Berlin
Druck- und Bindearbeiten: CPI books GmbH, Leck
ISBN 978-3-95818-927-0

Aus dem Nest gefallen

Stella sah auf die Straße hinaus, überall erstrahlte der vorweihnachtliche Lichterglanz. Ihre Nachbarn Silke und Tom hatten sich besonders viel Mühe gegeben. Ihre Deko stand außer Konkurrenz zu den anderen. Der Wetterdienst hatte für die Feiertage Schnee versprochen und er sollte recht behalten. Leichte Schneeflocken verwandelten ihren Garten in eine Puderzuckerlandschaft.

Stella kämpfte mit den Tränen. »Scheiß Weihnachten«, flüsterte sie frustriert. Ihre dicken Finger suchten nach einem Taschentuch in der Tasche ihres Morgenmantels. Beherzt wischte sie ihre Augen trocken und drehte sich schwerfällig von ihrem Fensterplatz weg. Ihr Blick blieb an dem goldenen Stern über dem Kamin hängen.

Für Stella, meinen Stern, stand in großflächiger Schrift unter dem Himmelsplaneten. Ihr Mann, Holger, hatte ihr diesen Stern als Geburtstagsüberraschung fertigen lassen. Fünfzehn Jahre waren seither vergangen. Was war nur mit ihrer Liebe geschehen?

Das Telefonklingeln ließ ihre Gedanken in den Hintergrund rücken. »Engel«, meldete sie sich. Sie empfand nicht die Spur Lust zum Telefonieren. Sie wartete geduldig, wer am Morgen ihre Ruhe störte.

»Stella, genial, du bist bereits aufgestanden. Ich hatte Sorge, dich nicht zu erreichen.« Unverkennbar hatte Stella die Stimme ihrer Nachbarin im Ohr.

»Doro, was verschafft mir die Ehre, dass du anrufst?« Stella gab sich Mühe, unbeschwert zu klingen. »Hast du keinen Kaffee mehr im Haus?«

Dorothea kicherte verlegen. »Ich wollte fragen, ob du rüberkommst und mit mir frühstückst. Ich habe Eier vom Bauernhof zu bieten, die Brötchen backen im Backofen.« Doro klang wie ein frischer Morgenwind – ziemlich ungewöhnlich für eine Langschläferin.

»Sie weiß es also schon«, dachte Stella. Sie schluckte die erneut aufkommenden Tränen hinunter.

»Danke, Doro, sehr lieb von dir, aber ich bin noch nicht angezogen. So werde ich nicht über die Straße gehen können«, versuchte sie, die Einladung abzulehnen.

»Ach, Quatsch, spring unter die Dusche und komm rüber, ich warte auf dich. Bis gleich, Stella!« Doro hatte schnell aufgelegt und gab Stella keine Gelegenheit, eine neue Ausrede zu finden. Stella ließ den Hörer sinken und legte ihn neben die Telefonstation auf das kleine Schränkchen.

»Okay, dann gehe ich mal duschen«, murmelte sie resigniert. Sie bewegte sich langsam ins Bad. Ihre rosa Plüschpantoffeln hatten auch schon bessere Tage gesehen. Ihre Fersen standen ein Stück über den Rand und gaben ihre Knusperhacken frei. Im Bad betrachtete sie zerknirscht ihr Gesicht.

»Sieh dich doch mal an, Stella, dann weißt du auch, was schiefgelaufen ist.«

Die letzten Jahre waren vom Essen bestimmt worden und das konnte jeder deutlich sehen.

Holger hatte es geliebt, von ihren Kochkünsten verwöhnt zu werden. Wenn er aus der Kanzlei nach Hause kam, duftete es herrlich nach allerlei Köstlichkeiten. Mit Hingabe hatte sie täglich für das leibliche Wohl gesorgt. Stella hatte nicht bemerkt, dass ihr Mann viele Jahre lang gar nicht mehr so große Portionen vertilgt hatte. Sie aß die Reste, um nichts wegwerfen zu müssen. Liebevoll hatte sie ihm danach ein Dessert gereicht, meistens vor dem Fernseher. Verzweifelt starrte sie weiterhin ihr Spiegelbild an. Früher hatten die Leute gesagt, sie sei eine Schönheit. Tribute aus längst vergangener Zeit. Stella konnte kaum Erinnerungen an ihr damals so gelobtes Aussehen hervorrufen. Sie war erst sechsunddreißig Jahre alt, wirkte aber viel älter. Mangelnde Bewegung an der frischen Luft ließ ihre Haut ungepflegt wirken.

Statt unter die Dusche zu gehen, kämmte sie ihr dichtes braunes Haar, putzte die Zähne und schlüpfte in die Hose vom Vortag. Eine Bluse in 4XL bedeckte den Rest der Hausfrau aus Leidenschaft. Schließlich wollte sie das Frühstück genießen und nicht währenddessen mit zwickender Hose nach Luft schnappen müssen.

Plötzlich wurde Stella zuversichtlich, dass Holger sie nicht für lange verlassen hatte. Fünfzehn Jahre Ehe konnte er unmöglich einfach so wegwerfen. Mit dem Vorsatz, ihre Wohngemeinschaft zu retten, ging sie, versöhnt mit sich und der Welt, zu Doro. Am Nachmittag wollte sie die Weihnachtsdeko aus dem Keller holen. Damit Holger es schön vorfinden würde, wenn er reumütig zu ihr zurückkehren würde.

»Da bist du ja schon, das ging aber schnell.« Doro begrüßte sie freudig. Stella wusste, Dorothea Schröder hatte sie aus purer Neugier eingeladen. Irgendwie musste die Neuigkeit bei ihr angekommen sein. Doro war nie eine gute Freundin gewesen. Nachbarschaft, nicht mehr und nicht weniger, verband Stella mit Familie Schröder.

»Ich lasse mir doch kein Frühstück entgehen, da kommt Bewegung in die Morgenstunde.« Stella schob sich zur Küche durch. »Das sieht sehr gut aus, Doro, danke für die Einladung. Bei mir hätte es nur einen Toast mit Käse gegeben.«

Doro lächelte Stella unterdessen schief an. »Ach, das war keine große Mühe. Wo einer satt wird, werden auch drei satt. Ist dein Mann schon zurück von der Bohrinsel?«

Überrascht sah Stella sie an.

Fahrig holte Doro die Eier aus dem Kochwasser. »Das sagt man doch so?«

Stella sah sie aus ihren blauen Augen misstrauisch an. »Du spielst nicht zufällig auf meine Figur an, oder?«

»Stella, du siehst phantastisch aus, wie immer. Ich könnte mir eine andere Stella gar nicht vorstellen.« Doro drehte ihr den Rücken zu, um die Brötchen in einen Korb zu legen. Lächelnd ging sie auf den Küchentisch zu. »Bitte, bediene dich. Ich sterbe schon vor Hunger.« Doro nahm auf dem gegenüberliegen Stuhl Platz und nickte Stella aufmunternd zu. Stella nahm ein duftendes Brötchen und teilte es gekonnt in zwei Hälften. Forschend beobachtete Doro sie dabei. »Was machst du heute noch Schönes?«

»Ich hole die Weihnachtsdeko aus dem Keller. Es wird langsam Zeit, in ein paar Tagen ist schon der zweite Advent. So spät war ich noch nie dran.«

Doro öffnete den Mund, erwiderte jedoch nichts. Stella fühlte sich in Doros Gesellschaft unwohl. Sie konnte sich nicht erklären, warum. Selbst das herrliche Frühstück machte es nicht besser.

Dorothea durchbohrte Stella mit ihren Blicken. »Stella, was ist bei euch los?«

»Holger will die Scheidung«, murmelte Stella kauend. »Er wird es sicher bald bereuen und zu mir zurückkommen. Er braucht nur eine Auszeit.«

Doro wurde aschfahl. Sie ließ ihr Frühstücksei sinken und sah an Stella vorbei ins Leere. »Stella, das tut mir leid«, stammelte sie. »Was willst du nun tun?«

Mit vollem Mund winkte Stella ab. »Ich sag doch, er kommt noch vor Weihnachten wieder. Mach dir keine Sorgen.«

»Na, du hast Nerven. Wie kannst du nur so ruhig bleiben? Musst du dir eine neue Wohnung suchen? Oder bleiben wir NachbarInnen?« Doro wirkte betroffen.

»Du hast mich nicht richtig verstanden, Doro. Er kommt

wieder, was sollte er sonst machen?« Stella wurde die Unterhaltung zu anstrengend, sie stopfte ihr letztes Stück Brötchen in den Mund und erhob sich schwerfällig. »Doro, vielen Dank für das wundervolle Frühstück, aber ich muss nun wirklich los. Der Tag ist kurz. Ich habe noch einiges zu erledigen.«

Doro sah sie mitfühlend an. »Ich kann das gut verstehen, du hast sicher noch Einiges zu planen. Eine neue Zukunft ist nicht leicht zu organisieren. Weiß du schon, wo du hinwillst? Ich könnte dir beim Packen helfen, wenn du möchtest.«

Stella zog verwirrt die Stirn in Falten. »Doro, ich plane keinen Umzug. Warum auch? Holger liebt mich, seit wir Kinder waren und daran wird sich auch nichts ändern. Wer aufgibt, hat schon verloren. Wir beteiligen uns nicht an der Wegwerfgesellschaft. Bei uns wird noch repariert.« Optimistisch bewegte sie ihren Körper zum Ausgang. Im Flur stutzte sie kurz. Es lag ein Geruch in der Luft, der ihr seltsam vertraut vorkam.

Sie zog ihre Jacke an und verließ das Haus ihrer Nachbarin in die morgendliche Winterlandschaft. So schnell es ihr massiger Körper zuließ, wechselte sie auf die andere Straßenseite, um ihr Haus aufzuschließen.

Im Inneren des Hauses schlug ihr wohlige Wärme entgegen. Ihre aufgeflammte Selbstsicherheit löste sich in nichts auf. Die Traurigkeit nahm erneut von ihr Besitz. Hätten sie das Glück, Kinder zu haben, wäre sicher alles anders gekommen. Leider war ihnen dieses Wunder verwehrt geblieben. Stella stand am Abgrund. Doch sie würde nicht aufgeben. Sie war überzeugt, den Kampf um ihre Ehe gewinnen zu können.

Der Vertrag

Stella hörte, wie die Tür aufgeschlossen wurde. »Holger«, flüsterte sie freudig. Eilig ging sie ihm entgegen. Ihr Herz klopfte bis zum Hals. Na endlich.

»Stella, gut dich anzutreffen, ich habe mit dir zu reden.« Gut gekleidet und rasiert trat er ihr entgegen. Den Mantel behielt er an.

»Gerne, mein Hase, aber willst du deinen Mantel nicht ablegen? Ich koche uns einen Kaffee.« Sie wollte in die Küche gehen, als Holger sie stoppte.

»Nicht nötig, danke. Ich muss gleich wieder los. Ein Klient wartet auf mich.«

Unsicher hielt Stella inne. Sie sah ihren Mann liebevoll an, sie wollte ihn berühren, zog ihre Hand jedoch gleich wieder zurück, als sie bemerkte, dass Holger sich versteifte. Zu gerne hätte sie ihn in den Arm genommen, seine Wärme gespürt, diese jahrelange Vertrautheit in sich aufgesaugt. Sie verspürte jedoch nur eisige Kälte. Er ließ keine Nähe zu. Stattdessen kam er sofort zur Sache.

»Stella, ich will unser Haus selbst bewohnen. Du erhältst eine Abfindung und zusätzlich Unterhalt. Zuzüglich deiner Ersparnisse, von meinem Geld erwirtschaftet, wirst du in der Lage sein, zurechtzukommen. Bedingung ist, du ziehst in den kommenden zwei Wochen aus.« Holger beendete die Forderungen mit einem milden Lächeln. Er hatte sich immer schon zielsicher und mitleidlos ausgedrückt. Die zusätzliche Härte in seinem Tonfall kränkte Stella zutiefst.

»Aber Holger, wo soll ich nur so spontan hin? Warum tust du mir das an? Nach all den Jahren? Ich verstehe es nicht. Bitte sag doch etwas.«

Holger wirkte weder niedergeschlagen noch schuldbewusst. Er verzog den Mund zu einem hässlichen Grinsen. »Sieh dich nur einmal an«, sagte er und ging zur Tür, ohne abzuwarten, ob Stella sich mit dem Vorschlag einverstanden erklärte. Für ihn war alles gesagt. »Denk dran, Stella, in zwei Wochen bist du hier weg. Ich verspüre keine Lust, dauerhaft in der Kanzlei zu schlafen. Deine Kontonummer kenne ich. Lebwohl.« Schwungvoll verließ er das gemeinsame Haus. Die Tür knallte ins Schloss. Stella blieb verlassen zurück.

Sie war zu erledigt, um in Tränen auszubrechen, also ging sie in die Küche und öffnete kraftlos die Kühlschranktür. Sie fand dort einige Leckereien, aber sie schloss die Tür wieder, ohne etwas herauszunehmen. Ihr war durchaus bewusst, dass das Essen ihre Ehe zerstört hatte.

Beherzt fasste sie einen Entschluss und griff zum Telefon. Die warme Stimme ihres Bruders schmeichelte ihrer Seele. Für einen Moment schloss sie die Augen.

»Stella, du rufst mich an? Womit habe ich das verdient, Schwesterherz?«

Stella gab sich einen Ruck und bemühte sich, in gleichbleibender Tonlage zu sprechen. »Sam, ich brauche deine Hilfe. Darf ich für eine Weile zu dir auf den Hof kommen? Ist mein ehemaliges Zimmer derzeit frei?«

»Jederzeit, Stella. Dennoch, ich verstehe nicht ganz. Hat Holger dich vor die Tür gesetzt?« Sam gab sich keine Mühe, den spöttischen Tonfall zu kaschieren. Er hatte noch nie viel für Holger Engel übriggehabt. Die jahrelange Ehe mit Stella hatte daran nicht das Mindeste geändert.

»Ja«, erwiderte Stella knapp und wahrheitsgemäß. Sie ahnte, ihr Bruder würde ihr ohnehin nicht glauben, darum blieb sie getrost bei der Wahrheit.

»Ach, Stella, das wäre zu schön, um wahr zu sein.« Sam nahm selten ein Blatt vor den Mund. »Du darfst dir gerne eine Auszeit auf meinem Hof gönnen. Mit Wellness kann ich allerdings nicht dienen. Gegebenenfalls eine Güllepackung, oder ein Bad im Heu?«

Lachend ging Stella auf Sams Späße ein. »Ich besitze nicht viel Geld, ist das bezahlbar für mich?«

»Klar, Kleines, du wirst die Gülle eigenhändig in die Badewanne schaffen. Das ermäßigt den Preis erheblich. Wann kommst du? Dein Zimmer dient zurzeit als Rumpelkammer, ich müsste erst die Bewohnbarkeit herstellen.« Sam lachte verlegen.

»In ein paar Tagen, sobald ich hier mit den Vorbereitungen fertig bin. Bitte keine Umstände, ich werde meine Freude daran haben, die Bude gemütlich herauszuputzen. Es wird auf alle Fälle für keinen von uns in Schwerstarbeit ausarten.«

»Phantastisch, Stella, ich stecke ohnehin bis zum Hals in Arbeit.«

»Ach, Sam das tut mir leid. Ich helfe dir auf dem Hof, wenn ich es hinbekomme.«

Sam schwieg am anderen Ende der Leitung. Stella hatte sich in der Vergangenheit nicht für den Hof interessiert. Als jugendliches Mädchen war sie jeder Modelveranstaltung hinterhergejagt. Freudestrahlend zeigte sie zu Hause ihre Preise. Lifestyle und mit schönen Dingen umgeben zu sein, brauchte sie wie die Luft zum Atmen. Rinder und Schweinezucht gehörten nicht zu ihren Vorlieben.

»Stella? Was ist los mit dir? Hast du Sorgen?«

»Solange ich dich in meiner Familie weiß, bin ich wunschlos glücklich.« Kichernd beendete sie das Gespräch.

Schweißgebadet legte Stella den Hörer weg. Sam hatte irgendetwas gemerkt. Sie mochte jedoch nicht am Telefon darüber sprechen, dass sie vorhatte, vielleicht für immer auf den elterlichen Hof zurückzukehren. Sie wollte es selbst nicht wahrhaben.

Lethargisch ging sie durchs Haus. Hier hatte sie mit Holger jahrelang im siebten Himmel gelebt. Verdammt, sie liebte ihn. Sie schlich ins Büro, wo ihre persönlichen Dinge eine Bleibe gefunden hatten. Die Fotoalben mit den Erinnerungen an ihre Hochzeit. Urlaubsfotos aus exotischen Ländern. Ihr fiel ein Album aus der Zeit ihrer Modelaktivitäten in die Hände. Strahlend sah sie auf allen Fotos in die Kamera. Wie hatte dieses lebhafte, erfüllte Lachen verlorengehen können? Eine andere Stella ermahnte sie auf den Fotos mit spöttischem Grinsen.

Regelmäßig stieg sie am Morgen auf die Waage und nahm sich vor, endlich ihr Gewicht zu reduzieren. Vorsätze, die auf dem Weg vom Bad zum Kühlschrank in Vergessenheit gerieten.

Stella legte die Alben sorgfältig in einen Wäschekorb. Ein Leben in Bildern aus längst vergangener Zeit. Verspielt und verschenkt. An wen? An einen Mann, der sie nur zum Vorzeigen wollte? Hatte sie aus diesem Grund ihre Figur vernachlässigt, weil sie sich nicht geschätzt gefühlt hatte?

Sie hievte den Korb mit den Erinnerungen hoch und platzierte ihn für den Abtransport im Flur. Stella wunderte sich, dass es ihr nicht schwerfiel. In derselben Weise fuhr sie mit dem Rest ihrer persönlichen Dinge fort. Sie schwitzte, als ob sie dabei wäre, einen Boxkampf zu gewinnen. Anstrengungen lagen ihr nicht mehr, seitdem ihr Körper beschlossen hatte, ihr zu entgleiten. Zuletzt verstaute Stella ihren Computer vorsichtig in einem Karton. Der Eingangsbereich lag überfüllt mit Kisten und Körben vor ihr. Stella hatte Mühe, darüber hinwegzusteigen. Sie suchte fieberhaft nach einer Lösung, mit der sie die gesammelten Werke nach Westerhever schaffen konnte. Mit ihrem Auto würde es wahrlich nicht klappen.

Kurz entschlossen und mit schlechtem Gewissen ergriff sie den Zündschlüssel des Wohnmobils. Sie ging zum Carport, das ausschließlich für das Wohnmobil errichtet worden war. Stella öffnete die Fahrertür und wuchtete sich hinein. Mit zittrigen Fingern steckte sie den Schlüssel ins Schloss. Ihr ehemaliges Urlaubsdomizil sprang sofort an. Stella hatte das Riesenmobil noch nie zuvor gefahren. Holger hatte es ihr nicht erlaubt. Unschlüssig starrte sie durch die Windschutzscheibe. Ihr Wohnmobil brummte geduldig vor sich hin und wartete, dass Stella in die Auffahrt rollte. Beherzt legte sie den Rückwärtsgang ein. Die Außenspiegel verhießen ihr freie Fahrt. Mit klopfendem Herzen lenkte sie das Mobil aus der Auffahrt hinaus. Bald würde sie in ein unbekanntes Leben fahren. Stolz, aufgrund ihres Erfolgs, stieg sie aus. Den Motor ließ sie laufen. Stella öffnete die Klappe zum Stauraum, in den ohne Mühe ein Kleinwagen hineinpassen würde. Entschlossen verfrachtete sie ihr Hab und Gut. Als alle Kisten verstaut und für den Abtransport gesichert waren, stellte sie fest, dass sie noch Platz hatte. Sie holte ihr Fahrrad aus der Garage. In Westerhever würde es sehr nützlich sein und sie würde das Wohnmobil getrost stehenlassen können, um kurze Wege per Drahtesel zu erledigen. Der Ort ihrer Kindheit verfügte nur über enge Straßen und für ein Wohnmobil wenig geeignete Parkplätze.

»Hallo, Stella, geht's wieder los? Wollt ihr Urlaub machen?« Ihr ohnehin strapaziertes Gewissen ließ sie vor Schreck zusammenfahren.

»Lukas, hast du mich erschreckt. Nein, wir bekommen neue Möbel. Ich entsorge einige Sachen, die wir nicht mehr brauchen. Inzwischen bin ich aber an die Grenzen meiner Kräfte gestoßen. Der Ledersessel soll auch mit. Ich fürchte, ich muss abwarten, bis Holger zurück ist.«

»Och, Stella, wozu ist denn Nachbarschaft da? Ich komme geradewegs vom Training, da schaffe ich deinen Ohrensessel mit links.« Lukas war in der Tat ein Muskelpaket, das es in sich hatte. Stella bezweifelte nichtsdestotrotz, dass er das Ungetüm bewältigen konnte.

»Unter Umständen schaffen wir es gemeinsam?«, bot Stella ihre Hilfe an. Lachend ging Lukas ins Haus, um den Ledersessel zu sichten.

»Diesen stattlichen Sessel wollt ihr entsorgen? Wenn du nichts einzuwenden hast, ich könnte ihn gebrauchen?«

»Nein, ich meine, ja …« Stella stand vor ihm und sah ihn ratlos an. Lukas hatte stets ein gutes Verhältnis zu Holger gehabt. Sie spielten gemeinsam Tennis und beide sahen mit Leidenschaft zusammen Fußball. Unmöglich konnte sie ihm anvertrauen, dass sie gerade im Begriff war, ihrem Mann die Möbel zu entführen. Lukas schaute sie erstaunt an.

»Stella, was ist nur los mit dir, befindest du dich auf der Flucht?«

»Ja, es ist besser, wenn du jetzt gehst. Danke für dein Angebot, mir zu helfen.« Lukas ließ sich nicht vertreiben. Es schien Stella, dass er schon längst geahnt hatte, dass Stella und Holger Probleme miteinander hatten. Er hatte schließlich gelegentlich miterlebt, dass Stella den Kürzeren zog. Er schob die füllige Nachbarin beiseite und hob das Möbelstück an. Vorsichtig trug er den Sessel durch die Türen, um ihn anschließend schnaufend im Wohnmobil zu verstauen.

»So, Prinzessin, nu ist er drin.« Sanftmütig blinzelte er Stella zu. »Ich wünsche dir alles Gute, pass auf dich auf. Ich freue mich darauf, bei Gelegenheit von dir zu hören. Ich werde dich vermissen.« Lukas gab ihr einen flüchtigen Kuss auf die Wange, bevor er nach Hause lief. Stella verharrte mit offenem Mund.

»Danke«, flüsterte sie ergriffen. Mit Unterstützung von Lukas hatte sie nicht gerechnet.

Es wurde Zeit, Abschied von ihrem Zuhause zu nehmen. Stella ging durch sämtliche Räume und verabschiedete sich schmerzhaft. Ihr Herz wurde schwer. Sam würde überrascht sein, dass sie noch am gleichen Tag ihres Telefonats auf dem Hof erschien. Stella hatte so eilig ihre Habseligkeiten gepackt, dass sie sich später wunderte, wie zügig und spielend es gelungen war, ihr Leben in Kisten zu packen. Sie verspürte Erleichterung und blieb vor dem großflächigen Spiegel im Schlafzimmer stehen. Unglückliche Augen sahen sie an. Sie nahm sich vor, die Stella von damals wiederzufinden. Ob die Suche gelingen würde?

Sie schnappte sich ihre Handtasche, eine Flasche Wasser und den Obstkorb aus der Küche. Das hessische Calden würde bald in der Vergangenheit liegen. Sie würde darauf warten, dass Holger sie zurückholte, doch seine Haltung verhieß geringe Hoffnung auf eine weitere, gemeinsame Zukunft.

Stella visierte die Auffahrt und die enge Sackgasse an, aus der sie ihr riesen Mobil bringen musste. »Wird schon klappen«, brummte sie und wuchtete ihren vernachlässigten Körper auf die Fahrerseite. Sie beruhigte sich, indem sie ein Lied summte.

»Hey, das ging problemloser, als ich dachte.« Glücklich über ihren ersten Erfolg auf dem Weg, ein neues Leben zu beginnen, legte Stella den ersten Gang ein und rollte die Straße herunter. Im letzten Moment erkannte sie Doro hinter der Gardine. Fröhlich winkend verabschiedete sie ihre Nachbarin. »Falsche Schlange. Dir gönne ich den Triumph nicht. Ich weine nicht.« Sie hatte ohnehin keine Zeit für Gefühlsausbrüche. Konzentriert folgte sie der Siedlerstraße. Die Kinder ihrer Nachbarn kamen von der Nachmittagsschule nach Hause. Wehmütig dachte Stella an die Tage, an denen manche von ihnen bei ihr vorbeischauten, um mit ihr ein Glas Mich zu trinken oder Kuchen zu essen. Hin und wieder hatte Stella ihre Hausaufgaben überwacht und Tipps zur Verbesserung gegeben. Es waren stets wunderschöne Stunden gewesen.

Auf der A7 stockte der Berufsverkehr. Stella würde Westerhever erst nach Mitternacht erreichen. Sollte Sam schon schlafen, könnte sie im Wohnmobil übernachten.

Stella steuerte die nächste Tankstelle an. Die Autobahnraststätten boten genügend Platz, so dass sie beim Rangieren problemlos zurechtkam. Es könnte eine schwierige Herausforderung auf sie zukommen, wenn sie in der Stadt Calden ihren Riesen mit Zündstoff versorgen musste.

»Fahren Sie Richtung Norden?« Stella zuckte zusammen, als unverhofft ein gut gebauter Mann an ihrer Seite auftauchte und um eine Mitfahrgelegenheit bat. Sie schätzte ihn auf maximal vierundzwanzig.

»Ich nehme keine Anhalter mit, tut mir leid.« Sie stopfte den Zapfhahn in die Vorrichtung und begab sich zur Kasse. Als sie zurückkam, stand er immer noch da. Mit einem Dackelblick sah er ihr entgegen.

»Ich mache mich klitzeklein, bitte, überlegen Sie noch einmal, ob ich nicht einen reizenden Begleiter darstellen würde«.

»Reizend im wahrsten Sinne des Wortes. Wo wollen Sie denn hin?«

»Nach St. Peter-Ording. Meine Großmutter liegt im Krankenhaus, und ich muss ihr Café beaufsichtigen.«

»Und das bekommen Sie hin?«

»Na klar, ich habe die Semesterferien immer dafür verwendet, bei Omi auszuhelfen.« Siegessicher grinste er sie an.

»Ich meinte, das mit dem Kleinmachen. Können Sie auch die Klappe halten?«

»Wenn Sie es wünschen, kriege ich das hin.« Unverhohlen betrachtete er Stella. Ein gutaussehender Junge. Wasserblaue Augen strahlten ihr entgegen. Am Hals baumelte ein Holzkreuz. »Ich heiße übrigens Hauke Bergmann. Mein Auto ist liegengeblieben, dummerweise direkt vor der Haustür. Zu meinem Unglück besteht dadurch keine Chance auf einen kostenlosen Mietwagen. Also mache ich mich auf den Weg und versuche mein Glück, auf diese Weise nach Nordfriesland zu gelangen.«

»Freut mich, ich bin Stella Engel.« Sie reichte ihm versöhnlich die Hand. »Was sollten Sie mir schon antun, na los, steigen Sie ein.« Freudestrahlend ergriff er ihre Hand. »Danke, Stella, Sie sind ein wahrer Engel. In diesem Moment vom Himmel gefallen. Oder?«

»Na ja, eher aus dem Nest. Für ein Küken mit Gewissheit zu pfundig.« Seufzend ließ Stella sich auf den Sitz fallen.

»Sie sind ohne Begleitung unterwegs?« Suchend sah Hauke im Wohnmobil umher.

»Nein, den Bodyguard habe ich hinten im Gepäckraum verstaut. Er stellte zu viele Fragen.« Sie startete den Motor und verließ die Raststätte. Hauke beobachtete sie verstohlen von der Seite. Stella war es unangenehm, da sie sich durchaus bewusst war, wie ungepflegt sie auf ihn wirken musste. Ihre Gesichtszüge verhärteten sich. Er konnte nicht wissen, wie schlecht es ihr im Grunde ging. Vielleicht sollte sie ihn aufklären? Stella schluckte. Sie fand, dass es ihn nichts anging.

»Weshalb bist du so zickig?«

»Bin ich nicht. Das ist mein Humor«, lautete die knappe Antwort. Sofort erinnerte Hauke sich an ihre Worte. »Klappe halten.« Da er ohnehin müde wurde, schloss er die Augen.

Stella freute sich, dass sie den anstrengenden Weg Richtung Norden nicht ohne Begleitung fuhr. In Hauke schien ein netter Bursche zu stecken. Warum hätte sie ihn zurücklassen sollen? Sie hatte zugegebenermaßen genug Platz in ihrem Domizil. Haukes Hände ruhten auf seinen Beinen. Die verschlossenen Augenlider wurden von dichten Wimpern umrandet. Winzige Sommersprossen eroberten ein kantiges Gesicht und ließen ihn lausbubenhaft aussehen. Die frechen Tupfer täuschten über die freundliche Art hinweg. Ein stiller Kontrast, den die Natur erschaffen hatte. Die rotblonden Haare, wild und ungezähmt, erinnerten an jemanden aus der Regenbogenpresse.

Stellas stumm gestelltes Handy vibrierte zum vierten Mal in der Hosentasche. Sie ahnte, wer verzweifelt versuchte, sie zu erreichen. Holger beweinte mit Sicherheit das Wohnmobil. Um endlich Ruhe zu haben, nahm sie das Gespräch über die Freisprechanlage an.

»Stella Engel.« Sie behielt recht.

»Mensch, Stella, wo steckst du? Ist dir aufgefallen, dass unser Wohnmobil gestohlen wurde?«

»Nein, ist es nicht«, gab sie frostig zur Antwort.

»Wo vergräbst du dich überhaupt?«

»Schon vergessen? Du hast mich vor die Tür gesetzt. Warum bist du zu Hause? Ich bin erst in zwei Wochen raus. Noch ist es meine Bleibe.« Stella begann die Diskussion zu genießen.

»Ich brauche Unterlagen aus dem Büro. Sag mal, steckt der Schlüssel von der anderen Seite? Ich bekomme die Tür nicht auf.«

»Möglicherweise, ich benötige ihn nicht mehr.« Stella grinste. »Ich borge mir im Übrigen das Wohnmobil, ich sah keine andere Möglichkeit, alles zu transportieren. Ich tausche ihn bei Gelegenheit gegen den VW aus.«

»Du borgst was!? Bist du von Sinnen? Wenn etwas beschädigt wird, mach mir da keine Schramme rein …«

»Was dann? Gibt es Prügel? Oder kürzt du die Abfindung? Holger, glaub mir, auch ich habe gute Anwälte.« Stella gelang es erstaunlich gut, den Wortwechsel zu kontrollieren. Ständig war sie im Streit mit ihrem Mann unterlegen gewesen, aber nun ging sie unbesiegt aus dem Wortgefecht mit dem Juristen. Er durfte sie nicht mehr zum Idioten machen. Mit beiden Händen umklammerte Stella das Lenkrad und sprach ungerührt durch die Freisprecheinrichtung weiter. »Ich prüfe dein Angebot und lasse dich wissen, wie ich mich entscheide. Bis bald.« Stella reckte das Kinn. Sie konnte zufrieden mit ihrem Geschick sein, das sie im Gespräch mit dem wortgewandten

Ehemann bewiesen hatte. Hauke räusperte sich. »Mit dir ist nicht gut Kirschen essen, oder?«

Lachend warf Stella den Kopf in den Nacken. »Das scheint mir genauso. Das bereitet mir extrem viel Spaß.«

»Mutmaße ich richtig, dass du dich im Moment zum Schmetterling entpuppst?«

»Genau, Hauke, leicht und schwerelos, wie ich eben bin.« Stella fand den Vergleich nicht hundertprozentig passend. Aber zumindest in gewisser Weise hatte er recht. Sie würde wieder beginnen, zu leben. Mit jeder Faser spürte sie, wie erneute Kraft aufkam. Und mit ihr war sie gewillt, alles zu schaffen und alles zu beseitigen, was ihr in den Weg gestellt wurde. Noch hatte die Traurigkeit in ihr Oberhand, doch im Geheimen ahnte Stella, wie dankbar sie sein konnte, dass Holger sie aus ihrer Blase hinauskatapultiert hatte.

»Wer oder was erwartet dich in Nordfriesland? Wohnen Verwandte von dir im Norden?« Hauke betrachtete Stella interessiert von der Seite.

»Mein Bruder lebt in Westerhever, ich wohne eine Zeit lang bei ihm. Unter Umständen für immer.« Stella zuckte mit den Schultern und sah kurz zu Hauke hinüber.

»Wie kommt man dazu, in diesem Kaff zu leben? Da ist der Hund begraben.« Hauke lachte skeptisch.

»Da ist unser Hof, der von Sam bewirtschaftet wird. Ich bin dort geboren.« Stella straffte ihren Rücken. Es wurde ihr in diesem Moment bewusst, dass es sich großartig anfühlte, von ihrem Zuhause zu sprechen.

»Ach so …« Hauke schwieg nachdenklich.

Menschen in Not

»Pass auf, Stella, da vorn scheint es gekracht zu haben. Sieht nicht günstig aus.« Stella riss die Augen auf. Vor ihnen lag ein PKW auf dem Dach. Der Unfall musste erst vor Minuten vorgefallen sein. Die Reifen des Havaristen drehten sich und warfen Dreck durch die Luft.

»Verdammter Mist, hoffentlich ist nix Schlimmes passiert.« Sie bremste scharf und kam mit einem Ruck rechtzeitig zum Halten. Mit flinken Fingern löste Stella den Gurt und sprang auf die Fahrbahn. Hauke betätigte den Schalter für die Warnblinkanlage und sicherte die Unfallstelle ab. Stella vergewisserte sich, dass der nachfolgende Verkehr stehen blieb, und eilte zum Unfallwagen. Sämtliche Scheiben des Autos waren zerbrochen. Schnaufend rief sie in das Wageninnere.

»Hallo, ich bin Stella, geht es euch einigermaßen gut? Wir haben Hilfe gerufen. Bleibt ruhig.« Sie hockte vor dem Fahrzeug und versuchte, einen Blick hineinzuwerfen. Ein heilloses Durcheinander beherrschte die Situation. Ein Kind schrie markerschütternd. Stella stockte der Atem.

»Alles wird gut, Kleines, du kommst da gleich raus. Verrätst du mir deinen Namen?« Stella bemühte sich, die verletzten Insassen abzulenken, damit diese nicht das Gefühl beschlich, hilflos ausgeliefert zu sein.

»Danny!«, lautete die schluchzende Antwort.

»Gut, Danny, du bist ein tapferer Junge. Freut mich, dich kennenzulernen.«

»Bin kein Junge, ich heiße Daniela …«

»Oh, wie grandios, ich wollte auch immer einen Namen, den man so herrlich abkürzen kann.« Nebenbei streckte Stella die Hand zum Mann, der bewusstlos auf der Fahrerseite lag, um mit Bedacht den Puls zu fühlen. Sie hatte nicht viel Ahnung davon, doch der Pulsschlag erschien ihr sehr niedrig. Ein Rinnsal Blut floss ungehindert über ihre Handfläche. Sanft streichelte sie den Kopf des Unfallopfers, seelenruhig sprach sie tröstende Worte.

»Ist mein Papi tot?«, piepste Danny aus ihrer unbequemen Lage.

»Nein, natürlich nicht, es kommt gleich ein Rettungswagen, der bringt euch ins Krankenhaus.«

Stella ereilte ein ungutes Gefühl. Was, wenn sie nicht recht hatte? Wie erklärte sie der Kleinen das? Rasch lief sie zur anderen Seite. Die Tür gab nach und ließ sich öffnen. Vorsichtig zog sie die leise weinende Mutter im Rettungsgriff auf den Grünsteifen. Die Frau hatte schwere Wunden davongetragen. Ihr Fuß schien gebrochen zu sein und sie blutete heftig am Oberschenkel.

»Verdammt, wo bleibt die Hilfe? Ist ein Arzt in der Nähe?« Verzweifelt sah sie zu den stehenden Fahrzeugen. Niemand wollte aussteigen. »Wie heißt du? Sind die Schmerzen heftig?«

»Wo ist mein Mann? Ist er am Leben?«

»Ja, ist er. Ich hole Danny erst einmal aus dem Auto.«

Das Mädchen hing kopfüber im Sicherheitsgurt. Stella stützte ihren zarten Körper und löste den Gurt. Mit einem Ruck fiel Danny in Stellas Arme. Sofort klammerten sich die dünnen Ärmchen um ihren Hals. Stella erkannt keine Blessuren. Erleichtert brachte sie das Kind zu ihrer Mutter. Aus der Ferne hörte sie die Sirenen der Rettung. Stella schloss für einen Moment die Augen.

»Gott sei Dank«, wisperte sie.

Hauke rannte mit einer Flasche Wasser zur Unfallstelle.

Er hockte sich neben Mutter und Tochter und begann, die Verletzungen der Frau zu versorgen. Stella kümmerte sich wieder um den Familienvater. Sie war in Sorge, er hatte viel Blut verloren. Den harten Asphalt ignorierend kniete sie an der Seite des Mannes und rutschte, durch die zerbrochene Scheibe hindurchgreifend, heran. Sie wollte ihn nicht mehr aus den Augen lassen. Sie fühlte, wie die Kräfte aus dem Körper des Verunfallten schwanden. Sanft liebkoste Stella das verzerrte Gesicht.

»Es kommt gleich Hilfe, sei unbesorgt.«

Er deutete ihr an, dichter heranzukommen. Sie beugte ihren Oberkörper so weit wie möglich durch die Fensterscheibe.

»Sag meiner Frau, dass ich sie liebe.«

»Du sagst es ihr später selbst.« Sie lächelte ihn aufmunternd an. Er sah sie mit dunklen, ausdruckslosen Augen an.

»Bitte ...« Mit den letzten Reserven streichelte er Stella. »Bist du vom Himmel gefallen? Ein Engel der Zuversicht? Kommst, um mich zu holen?«

»Unsinn, ich will dich gar nicht haben, deine Familie braucht dich dringender.« Tränen rollten ungehindert über ihre Wangen. Er durfte nicht sterben. Es gelang ihr nicht, auf die Straße zu sehen, da sie mit dem Oberkörper im Inneren des Wagens hockte. Sie wollte den Mann nicht loslassen, bis Hilfe kam. Das Martinshorn kam zum Glück näher.

»Danke, schöne Frau, und vergiss nicht, was du mir versprochen hast.« Der Familienvater lag bewusstlos in ihren Armen. Zitternd schob Stella ihren Körper aus dem Wrack und ließ den regungslosen Mann zurück. Ein Rettungsmann half ihr beim Aufstehen. Zornig blitzte sie ihn an.

»Verfluchter Mist, wieso sind Sie nicht rechtzeitig gekommen?« Tränenerstickt trommelte sie auf den Lebensretter ein.

»Stella, komm zur Seite, lass die Männer ihre Arbeit verrichten.« Hauke ergriff ihre blutverschmierte Hand und geleitete sie vom Unfallort weg.

»Ihre Arbeit? Warum kommen die so spät? Haben die geschlafen oder was war los?«

Hauke gelang es nur schwer, Stella zu beruhigen. Sanft führte er sie zum Wohnmobil. Er hielt sie ununterbrochen im Arm.

»Du warst großartig, Stella, nun darfst du dich nicht aufgeben. Alles Nötige hast du getan. Mehr ging nicht. Glaube mir. Er holte einen Klappstuhl aus dem Gepäckraum und beförderte Stella darauf. Er tränkte ein Handtuch mit Wasser und begann ihre Hände vom Blut zu reinigen. Ganz vorsichtig, als ob er darunter eine Verletzung vermutete. Stella bemerkte es anscheinend nicht. Ein Familienvater starb in ihren Armen. Sie schämte sich. »Dein Papa stirbt nicht«, hatte Stella der kleinen Danny versprochen. Stand sie jetzt wie eine Lügnerin da? Lautlose Tränen rollten über ihr Gesicht. Sie starrte ins Leere. Stella hatte einen Schock erlitten.

»Ich brauche einen Arzt!« Hauke hatte offenbar Angst um sie. »Hilfe! Hört mich niemand?«, rief er. Verzweifelt sah er in alle Richtungen.

»Ich bin nicht verwundet, Hauke. Ich bin in Ordnung.« Stella hatte die Worte nur geflüstert. Leicht wiegte sie ihren Körper hin und her. Hauke rückte an sie heran und ließ sie nicht los.

»Wer ist verletzt?« Ein Notarzt hockte sich plötzlich neben sie beide.

»Ich befürchte, sie steht unter Schock.«

»Hallo, ich bin Dr. Martin, wie heißen Sie?«

»Stella Engel.«

»Es wird Ihnen gleich besser gehen. Versprochen.« Der Helfer in der Not untersuchte Stella gründlich, bevor er eine Spritze aufzog.

»Wo kommt das Blut her? Ist sie im Unfallwagen gewesen?«

»Nein, Stella hat, bis auf den Verstorbenen, die Personen aus dem Fahrzeug gezogen. Danach ist sie dem eingeklemmten Mann nicht mehr von der Seite gewichen, bis Sie eintrafen. Er ist in ihren Armen gestorben.« Dr. Martin sah Hauke verdutzt an. »Verstorben? Nein, nein, er ist am Leben. Stella, das haben Sie sehr gut gemacht. Es gibt nicht viele Menschen, die so beherzt handeln. Glauben Sie mir, besser konnten Sie nicht helfen.«

Stella, die unter dem Einfluss der Medikamente in die reale Welt zurückfand, sah dem Arzt ins Gesicht.

»Wie geht es Danny? Ist sie bei ihrer Mutter?«

»Keine Sorge, die beiden werden gegenwärtig ins Krankenhaus gebracht. Es geht ihnen, den Umständen entsprechend, gut und sie werden von einem Seelsorger betreut. Ich möchte Sie ebenfalls ins Krankenhaus bringen, zumindest für eine Nacht.«

»Nein, ich will weiter nach Nordfriesland. Hauke, kannst du dieses Monstrum bedienen?«

»Wenn du dir absolut sicher bist, keine ärztliche Hilfe zu benötigen, bringe ich dich überall hin.« Hauke verzog den Mund zu einem Lächeln, es gelang ihm nur schwer. Er musste die Erlebnisse ebenso verarbeiten.

»Bitte bleiben Sie, bis Ihre Personalien aufgenommen sind. Ich schicke Ihnen sofort einen Beamten, damit Sie nicht so lange warten müssen. Ich sehe Sie gleich noch einmal an, bevor Sie weiterfahren.« Doktor Martin erhob sich und überließ Hauke die Aufsicht der Lebensretterin.

»Guten Tag, Frau Engel, sind Sie bereit zur Aufnahme Ihrer Personalien?« Ein unerfahrener wirkender Polizist trat heran und musterte Sie eindringlich.

»Ja, natürlich, ich will so schnell wie möglich hier weg. Stellen Sie Ihre Fragen. Mir geht es inzwischen einigermaßen gut.« Stella gab ihre Angaben bereitwillig an und hoffte inständig, bald weiterfahren zu können.

»Frau Engel, Sie haben Ihrem Namen heute alle Ehre gemacht. Großen Respekt für Ihr beherztes Eingreifen.« Der Gesetzeshüter lächelte sie an.

»Ach Quatsch, ich habe nur getan, wohin mein Herz mich geführt hat. Ich wünschte, es wäre mehr gewesen.«

»Sie haben ein großes Herz, wir würden uns wünschen, es gäbe mehr solche Menschen.«

»Alles ist ziemlich groß an mir. Darf ich jetzt weiterfahren?«

Der Polizist zog irritiert die Augenbrauen hoch.

»Keine Sorge, ich fahre.« Zur Bestätigung nahm Hauke die Schlüssel in die Hand. Der Polizist sah Hauke prüfend an und nickte beiden noch einmal zu, um dann wieder zum Unfallwagen zurückzugehen.

»Komm, Frau Engel, ich bringe dich hier weg. Wie wäre es mit einem heißen Kaffee und einem Snack bei der nächsten Rastmöglichkeit? Damit wir beide auf andere Gedanken kommen?«

»Keine so schlechte Idee, Hauke. Ich fürchte nur, wir werden dann erst morgen Früh in Nordfriesland ankommen.« Seufzend verließ Stella ihren Camping-Stuhl.

»Und wenn schon, ruf doch deinen Bruder an, dass du später kommst.«

»Sam rechnet noch gar nicht mit mir. Aber deine Oma wartet doch auf dich.« Grinsend winkte Hauke mit dem Handy.

»Ich habe schon im Krankenhaus angerufen. Omi ist informiert.«

Stella war froh, endlich den Unfallort verlassen zu dürfen. Die piepsige Stimme der kleinen Danny echote in ihren Ohren. Noch lange würde sie die Stimme in Erinnerung behalten.

Freundschaft

Hauke holte eine Decke aus der Koje und deckte Stella fürsorglich zu. Er hatte bemerkt, wie sehr sie fror. Die lange Zeit in der winterlichen Kälte hatte ihre Spuren hinterlassen. Eilig ließ er den Motor an.

»Hat die Karre Sitzheizung?«

Stella nickte und drückte auch schon auf den dafür zuständigen Knopf.

»Welch ein Luxus, gleich wird uns beiden wärmer. Sitzt du bequem?« Hauke wartete nicht auf eine Antwort, er fuhr sofort los.

»Danke, Hauke, du bist der beste Beifahrer, den ich je hatte.« Müde lächelnd kuschelte sich Stella in ihren Sitz.

»Keine Ursache, Engel«, ging Hauke auf ihr Lob ein.

»In Guxhagen-Büchenwerra ist ein kleiner Campingplatz. Ich glaube, wir können wirklich eine Auszeit gebrauchen. Die übernächste Abfahrt musst du runter. Dann sind es nur noch wenige Kilometer bis zum Ziel.« Stella hatte kaum ausgesprochen, da fielen ihr die Augen zu. Die Beruhigungsspritze zeigte Wirkung.

Hauke lenkte das Wohnmobil sicher zur Autobahnausfahrt, glücklicherweise erschienen gleich Hinweisschilder zur genannten Zuflucht. Stella hatte nicht bemerkt, wie Hauke ausgestiegen war und die Anmeldung zum Check-in vorgenommen hatte. Sie hatten Glück, dass der Eigentümer noch vor Ort war. So mussten sie nicht vor der Schranke die Nacht verbringen. Stella erwachte erst durch das Rumpeln auf dem Schotterweg des Platzes. Schlaftrunken blinzelte sie zu Hauke hinüber.

»Bist du vom Weg abgekommen? Oder fahren wir gerade in den Abgrund?« Sie richtete ihren Körper auf und versuchte, in der Dunkelheit etwas zu erkennen.

»Frau Engel, wir sind da. Wenn du willst, kannst du gleich in die Koje gehen.«

»Lustig, haben wir auch bedacht, dass wir hier keinen heißen Kaffee mehr bekommen? Geschweige denn eine kleine Mahlzeit?« Glucksend und amüsiert berichtete er, dass der Platzeigner extra für die Lebensretterin eine Suppe gewärmt hatte und auch Brot vom Vortag anzubieten hätte.

»Kaum zu glauben, jedoch phantastisch. Das hast du alles allein geregelt?« Ungläubig betrachtete Stella ihren Helden.

»Ich bin schon groß. Vergessen?« Hauke stellte den Motor ab und sprang nach draußen. Stella tat es ihm gleich. Nur nicht so schnell. Zielstrebig ging sie zu den Toiletten. Im Waschraum angekommen, betrachtete sie ihr Spiegelbild. Ihre Haare klebten an ihrem Kopf. Blass und müde sah sie aus. Es gefiel ihr ganz und gar nicht, was der Spiegel ihr wiedergab. Sie erledigte ihre Bedürfnisse und ging mit raschen Schritten zurück zum Platz. Sie öffnete den Gepäckraum, um ihren Koffer zu suchen. Stella warf alles zur Seite, ohne darauf zu achten, wo es landete. Endlich wurde sie fündig. Stella schüttelte die Knitterfalten, die im Koffer entstanden waren, aus ihren Jeans und suchte saubere Unterwäsche. Einen dicken Pullover fand sie auch noch. Nun musste Stella ihre Waschutensilien suchen. Als sie alles gefunden hatte, hatte sie ein wildes Chaos hinterlassen.

Stumm hatte Hauke ihre Aktion beobachtet. Ein Wäschekorb fiel um, schnell kam er ihr zu Hilfe. Die Fotoalben lagen verstreut auf dem Boden. Eines war aufgeklappt. Interessiert hob Hauke es auf. Im Dämmerlicht des Gepäckraumes konnte er nicht viel erkennen.

»Legst du es bitte wieder zurück?« Erstaunt blickte Hauke sie an.

»Wer ist das?« Die Augen kamen ihm seltsam bekannt vor. Stella nahm das Album an sich und warf es wieder auf den Boden.

»Ich.«

Mit den Klamotten im Arm ließ sie einen verblüfft dreinschauenden Hauke stehen und ging in den Waschraum zurück. Bevor sie hinter den Mauern der Waschhäuser verschwand, blieb sie kurz stehen, um einen Blick zum Wohnmobil zurückzuwerfen und beobachtete Hauke. Er kratzte sein Kinn, er stand immer noch mitten im Chaos. Stella hatte ganze Arbeit geleistet, nichts war mehr an seinem Platz. Sie musste unweigerlich grinsen. Vorsichtig begann er die Ordnung wiederherzustellen. Er konnte anscheinend nicht wiederstehen. Stellas Bitte ignorierend, nahm er das Album erneut zur Hand. Vorsichtig blätterte er die ersten Seiten um. Hauke verließ mit dem Album den Gepäckraum und blieb unter einer Laterne stehen. Sichtlich irritiert versank er in Stellas Vergangenheit. Ihre strahlenden Augen schienen ihn mit auf den Laufsteg zu nehmen. Sicher konnte er nicht verstehen, auf welche Weise Stella Engel in ihr gegenwärtiges Leben geraten konnte. Die Fotos zeigten eine glückliche, fröhliche und selbstbewusste Frau. Stella selbst hatte vor wenigen Stunden das gleiche gefühlt. Diese Attribute hatte sie auf ihren Wegen irgendwo verloren. Verstohlen legte Hauke die Fotos mit Stellas Vergangenheit zurück in den Wäschekorb. Stella sah ihm an, wie sehr er diese fröhliche Frau aus der Vergangenheit erforschen wollte. Sie war ihm noch nicht einmal böse, dass er in ihren Sachen schnüffelte. Bevor ihre Wege sich trennen würden, wollte sie ihm aus ihrem Leben erzählen. Warum sie ihre Unbeschwertheit verloren hatte. Sie wusste es ja selbst erst seit Kurzem, aber diese Erkenntnis sollte ihr bisheriges Leben gravierend ändern. Eilig verschwand sie im Waschhaus.

Sie verließ das Waschhaus frisch geduscht. Sie fühlte sich entspannter. Ihr war überhaupt nicht klar, warum sie am Morgen darauf verzichtet hatte. Obwohl es leicht schneite, ging sie ohne Eile zu ihrem Stellplatz. Sie genoss die nächtliche Stille auf dem Campingplatz. Schon aus der Ferne erkannte Stella, dass Hauke im Inneren des Wagens herumhantierte. Ob er ihr Abendbrot vorbereitete? Stella war noch nie in den Genuss gekommen, dass jemand ihr eine Mahlzeit servierte. Der Gedanke zauberte ihr ein Lächeln auf die Lippen. Mit schwerfälligen Schritten war sie bemüht, sich zu beeilen. Die Kälte kroch an ihr hoch. Die Haare, noch nicht ganz getrocknet, bereiteten ihr inzwischen eine Gänsehaut. Als Stella die Eingangstür öffnete, schlug ihr warme Luft entgegen. Hauke schien mit der Technik ihres Heizsystems vertraut zu sein.

Der Platzeigner kam mit der warmen Mahlzeit und einer Kanne Kaffee.

»So, ich wünsche Ihnen einen guten Appetit. Ich gehe nun in den verdienten Feierabend. Vielleicht sehen wir uns morgen noch einmal, bevor Sie weiterfahren. Gute Nacht.«

»Gute Nacht, vielen Dank für die Suppe.« Hauke verabschiedete den freundlichen Mann, während Stella sich im Wohnmobil umsah.

»Na, Stella, bist du wieder frisch? Schau, wir haben eine warme Suppe und der Tisch ist gedeckt, ich hoffe, es ist dir recht?«

»Selbstverständlich, fühl dich wie zu Hause. Wir sitzen schließlich in einem Boot, ich bin sogar froh, nicht allein zu sein.« Stella rutschte in die Ecke der Sitzgruppe. Sie überließ Hauke alles Weitere. Nicht nur aufgrund ihrer Fülle hätten sie zu wenig Platz gehabt, um zu zweit die Küchenarbeit zu erledigen. Hauke befüllte kleine Schalen mit Suppe und legte das Brot dazu. Schweigend löffelten sie die Köstlichkeit. Hauke sah Stella dabei unverhohlen an.

»Schmeckt es dir, Stella?«, Hauke hatte offenbar immer

noch Sorge, dass Stella die Erlebnisse nicht richtig verarbeitet hatte.

»Geht so, ich habe keinen rechten Hunger. Ich möchte mich hinlegen.« Sie schob den Teller in die Mitte des Tisches und rutschte aus der Ecke. Unschlüssig betrachtete sie ihren Begleiter. »Du solltest dich auch langmachen. Die Betten stehen auseinander. Da ist nichts Verwerfliches dran. Gute Nacht, Hauke.«

»Nacht, Stella, ich geh noch mal vor die Tür, eine qualmen.«

»Du rauchst?« Erstaunt sah sie ihn an.

»Nur selten, aber jetzt brauche ich mal eine.« Hauke stieg aus, um gleich darauf wieder hineinzukommen.

»Meine Güte, da draußen schneit es wie verrückt. Dann brauche ich keine Zigarette, also rück zur Seite, ich will auch ins Bett«, witzelte er und rieb verfroren die Hände an seiner Hose.

»Nix da, dein Bett ist auf der anderen Seite. Witzbold.« Stella kicherte und legte sich angekleidet unter die Decke. »Die Heizung lassen wir besser an, sonst haben wir morgen Früh Eiszapfen an der Nase.«

»Würde bestimmt lustig aussehen«, stimmte Hauke in ihren Scherz mit ein. Fürsorglich legte er eine zusätzliche Decke über Stella. Dabei streifte er ihren Hals. Schnell gab er ihr einen Kuss auf die Wange. Verlegen sah er sie an.

»Nur so, weil du eine tolle Frau bist.« Dann ging er ebenfalls ins Bett. »Müssen wir einen Wecker stellen? Oder schlafen wir, solange wir mögen?«

»Solange wir mögen«, murmelte Stella und schlief unverzüglich ein.

Stella erwachte, weil draußen ein heftiger Sturm tobte. Irgendetwas polterte unaufhörlich an ihr Wohnmobil. Schlaftrunken sah sie sich um. Hauke schlief mit offenem Mund, leise pfiff er ein Schnarchlied, welches dem Sturm draußen sehr ähnlich war. Kichernd kroch sie unter ihre Decke. Vorsichtig linste sie jedoch sogleich wieder hervor, um ihn weiter unter Beobachtung zu nehmen. Selbst im Schlaf, mit Speicheltropfen im Mundwinkel, war er ausgesprochen süß. Stella fragte sich nicht zum ersten Mal, wie alte Hauke wohl sein mochte. Egal, er würde bestimmt ein guter Freund sein. Mehr war für Stella ohnehin nicht drin. Wie auch, mit ihrer Figur? Stella schwor der Männerwelt ab. Nie wieder wollte sie eine so große Enttäuschung erleben. Jedoch nahm sie sich fest vor, ihr Leben nun besser zu meistern. Beginnen wollte sie erst einmal mit einer morgendlichen Dusche. Der Blick aus dem Fenster ließ sie erschaudern. Der Schnee hatte ihr Domizil in fester Hand. Trotzdem stand Stella auf und traute sich hinaus, um ins Waschhaus zu gehen. Hauke bemerkte nicht, wie sie leise aus der Tür entschwand.

Ein eisiger Wind schlug ihr ins Gesicht. Sie zog den Mantelkragen höher und stapfte knöcheltief in den Schnee. Kurz überlegte sie, ob es nicht sinnvoll wäre, wieder hineinzugehen, aber dann ging sie tapfer weiter. Alle anderen Wohnwagen und Wohnmobile lagen verträumt in einer weißen Schneelandschaft. Nur die leichte Beleuchtung hinter den Fenstern zeigte an, dass dort Leben herrschte. Im Waschraum befand sich keine Menschenseele, Stella war allein. Ihr Herz klopfte und die Nackenhaare stellten sich auf. Voller Unbehagen nahm Stella die Zahnbürste und reinigte ihre Zähne. Sie glaubte, im Spiegel einen Schatten zu sehen, der in einer Ecke hinter ihr ins Nichts huschte. Mit der Zahnbürste im Mund hielt sie inne. War da jemand? Oder hatte sie Gespenster gesehen? Eine Toilettenspülung wurde betätigt. Stella wurde etwas ruhiger. Trotzdem ließ sie den Raum nicht mehr aus den Augen. Durch den Spiegel überwachte sie den gesamten Waschraum. Sie war kurz davor, in Panik auszubrechen. Schnell spülte sie die Zahnpasta aus und flüchtete hinaus. Noch bevor sie die Tür zum Ausgang erreichte, wurde

Stella an der Jacke zurückgehalten. Schweißgebadet drehte sie sich um.

»Guten Morgen, Sie haben ihre Zahncreme vergessen. »Freundliche Augen sahen sie neugierig an.

»Oh, danke.« Stella nahm die Zahnpflege entgegen und eilte zu Hauke ins Wohnmobil. Außer Atem schloss sie rasch die Tür.

»Hallo, guten Morgen. Hast du gut ...« Hauke stutzte, er blickte ihr prüfend ins Gesicht. »Alles okay bei dir? Hast du ein Gespenst gesehen? Hey, Erde an Stella ...« Er schüttelte sanft ihren Arm.

»Ich weiß nicht«, stammelte sie verzweifelt. »Kann es sein, dass ich wunderlich werde?«

Hauke hörte aufmerksam zu, was Stella im Waschraum erlebt hatte.

»Dummerchen, du hast den Unfall noch lange nicht verarbeitet. Du brauchst unbedingt Ruhe. Hier, ich habe Tee in deinen Vorräten gefunden. Setz dich und trinke ihn. Ich werde inzwischen versuchen, Brötchen zu organisieren.«

Dankbar nahm Stella den Becher entgegen. Sie rutschte in die Bank und nippte an dem heißen Morgengruß. Stella hatte Zweifel, ob eine Weiterfahrt bei den Schneemassen überhaupt möglich war. Der Wetterdienst hatte weiteren Niederschlag in weißer Form vorausgesagt. Wenn sie darüber nachdachte, fand sie die Vorstellung, noch bleiben zu müssen, gar nicht so schlecht. Allerdings wusste sie auch, dass Haukes Oma wartete. Die alte Dame sorgte sich sicher um ihren Enkel. Hauke erschien mit einer Brötchentüte. In eine Tasche hatte er Käse, Wurst, Marmelade und Saft geladen. Einige Beutel Gummibären kamen ebenfalls zum Vorschein.

»Ich glaube wir werden nicht verhungern. Der Kiosk hat so einige Leckereien zu bieten. Haben wir eine Kaffeemaschine an Bord? Ich habe welchen mitgebracht.«

Mit großen Augen betrachtet Stella die reiche Ausbeute seines Einkaufs.

»Willst du hier überwintern?« Lachend legte sie alles auf den kleinen Tisch. Ihr Frühstück war allemal gesichert.

»Momentan sieht es so aus, als ob wir zumindest für heute hierbleiben müssen. Die Ausfahrt zur Straße ist völlig zugeschneit. Die Straßen sehen auch nicht besser aus. Ich habe noch schnell einen Blick riskiert.« Hauke zuckte mit den Schultern.

»Bis heute Mittag wird alles wieder frei sein. Es wird nicht so tragisch, denke ich.«

Ein heftiger Windstoß ließ das Wohnmobil erschüttern und ihre Worte nicht sonderlich glaubhaft erscheinen. Hauke und Stella sahen erschrocken aus einem der Fenster. Stella deutete auf das kleine Schränkchen, in dem sich die Kaffeemaschine befand.

»Wir stärken uns erst einmal, dann sehen wir weiter.« Stella stellte das Radio an. Es ertönte stimmungsvolle Weihnachtsmusik. »Auch das noch, Weihnachtslieder. Ich bin überhaupt nicht in Stimmung dafür.« Stella verzog ihr Gesicht zu einer Grimasse. Hauke lachte vergnügt.

»Wenn nicht in dieser herrlichen Winterlandschaft, wo dann? Wir haben es warm und trocken, und für das leibliche Wohl ist bestens gesorgt.« Er machte eine einladende Geste über den gedeckten Tisch und grinste jungenhaft. Seine grünen Augen blitzten Stella dabei verschwörerisch an. »Die Welt kann uns mal.«

»Deine Oma wird in Sorge sein«, gab Stella zu bedenken.

Hauke bereitete inzwischen den Kaffee zu. Bald verbreitete der köstliche Duft des Wachmachers den Eindruck einer Kafferösterei in der kleinen Wohngemeinschaft.

»Ich werde später noch einmal im Krankenhaus anrufen. Vielleicht haben wir tatsächlich Glück und es hört auf zu schneien.« Beide genossen die Zweisamkeit am Frühstückstisch. Jeder versunken in eigene Gedanken, schwiegen sie, ohne dass es unangenehm wurde. Hauke ergriff als Erster wieder das Wort.

»Stella?«

»Hm?«

»Wir sind schon richtige Freunde, oder?«

»Ja.«

Schweigend schlürften sie ihren Kaffee. Stella musste an ihr Heim denken. Dort hatte sie schon lange nicht mehr so harmonisch ein Frühstück oder sonst etwas genießen dürfen. Warum fiel ihr das erst jetzt auf? War es womöglich doch ein Glücksfall, dass Holger sie vor die Tür gesetzt hatte? Da saß sie nun mit einem fremden Mann, eingeschneit, und sie hatten beschlossen, Freunde zu sein. Stella lächelte still.

»Wie sind deine Pläne, Stella, sollten wir in Nordfriesland ankommen?«

»Keine Ahnung, ich werde mein altes Jugendzimmer entrümpeln und es einigermaßen gemütlich herrichten. Mein Bruder kann sicherlich Hilfe auf dem Hof gebrauchen. Dort werde ich versuchen, mich nützlich zu machen. Dann wird es irgendwie weitergehen.« Nachdenklich sah Stella zu Hauke. »Sag mal, wie alt bist du eigentlich?« Hauke grinste.

»Warum ist das so wichtig? Ich bin alt genug, um mit dir durch die Lande zu ziehen.«

»Davon bin ich ausgegangen, bitte konkreter«, forderte Stella ihn auf.

»Ich werde im Sommer achtundzwanzig. Ich weiß, man sieht mir das Alter nicht an.« Schmunzelnd schlürfte er an seinem Kaffeebecher und ließ Stella dabei nicht aus den Augen. »Findest du mich zu jung?« Sein freches Grinsen wurde breiter.

Stella schluckte.

»Zu jung wofür?«, brachte sie stockend hervor. Haukes Blick durchdrang sie und landete irgendwo in ihrem Herz.

Schnell wechselte sie das Thema wieder zum Wetter, das für ihre Weiterfahrt schließlich nicht unerheblich war.

»Ich war gestern noch lange wach«, gestand Hauke unerwartet. »Ich wusste nicht, was mit mir passiert war. Du gehörst überhaupt nicht in mein Beuteschema, aber es war schön, dich in der Nähe zu wissen. Die meisten Frauen sehen in mir den Prinz Harry von Calden. Ich bin es gewohnt, angehimmelt zu werden. Bei dir, Stella, ist es anders. Du nimmst mich so, wie ich bin.« Hauke sah sie verlegen an. Stella lachte laut auf. Nicht ohne eine leichte Bitterkeit, die mitschwang.

»Deine Freunde würden eine Beziehung zu mir lächerlich finden. Außerdem bist du ganz schön von dir eingenommen. Lassen wir es bitte, so wie es ist.« Sie sah ihn flehend an. Weitere Komplikationen konnte sie wirklich nicht gebrauchen.

Westerhever

Zur Mittagszeit war es möglich, den Campingplatz zu verlassen. Es hatte aufgehört zu schneien und die Räumfahrzeuge hatten ganze Arbeit geleistet. Hauke übernahm das Steuer erneut und die Autobahn ließ es zu, ohne Probleme den Norden anzufahren. Kurz vor Hamburg wechselten sie die Plätze und Stella fuhr den Rest der Strecke.

»Sehen wir uns wieder, wenn du deine Bleibe wohnlich gemacht hast?« Hauke betrachte Stellas Profil.

»Unbedingt, ich würde gerne einen Kaffee in eurem Café trinken und dir bei der Arbeit zusehen.« Lachend gab sie Hauke einen Knuff.

»Abgemacht, und ich schaue mir an, wie du die Ställe ausmistest.« Hauke grinste breit, er konnte es offensichtlich kaum erwarten, Stella in Gummistiefeln und mit Schubkarre zu sehen.

In St. Peter-Ording stieg Hauke aus. Sie umarmten sich zum Abschied. Abgesehen von dem schweren Unfall hatten sie beide die gemeinsame Fahrt genossen.

»Pass auf dich auf, Frau Engel, lass dich nicht unterkriegen.«

»Du auch, Hauke, und vergiss nicht, immer schön freundlich mit den Gästen umgehen. Dann kommen sie bestimmt wieder. Alles Gute für deine Oma.«

Hauke stand dicht vor ihr. Stella konnte erkennen, wie seine Halsschlagader einen hohen Puls verarbeiten musste. Sanft nahm sie ein letztes Mal seine Hand. Stella legte sie an ihre Wange und hauchte einen Kuss in die Handinnenfläche. Dann schwang sie ihren Hintern auf den Sitz, um die letzten Kilometer nach Westerhever alleine weiterzufahren. Die schneebedeckte, schmale Straße wies ihr den Weg. Es war schon dunkel, Stella musste ihre Konzentration uneingeschränkt der Straße widmen. Schon bald erkannte sie das Blinklicht des Leuchtturmes. Ein Heimleuchten der besonderen Art. Endlich bog sie auf die Straße ab, die sie zum Hof ihres Bruders führte. Ihre Hände wurden feucht, ein Kribbeln im Magen machte sich breit. Es war ein komisches Gefühl, zum Ort ihrer Kindheit zurückzukommen. Sicher hatte Stella ihren Bruder einige Male besucht, aber es war nie ein Heimkommen gewesen.

Sie erkannte die Lichter der Stallungen. Sam versorgte die Tiere. Dampfend entwich die Wärme des Stalls durch die geöffnete Tür. Stella parkte das Wohnmobil direkt vor dem Wohnhaus und stieg aus.

Silage und Kuhdung schwängerten die kalte Abendluft. Ein Geruch, den Stella nie gemocht hatte. Verwundert stellte sie fest, dass es gerade dieser Duft war, der sie nun ankommen ließ.

Sam hatte in den letzten Jahren einiges verbessert. Das Wohnhaus erstrahlte im vorweihnachtlichen Glanz. Neue Fenster ließen das Haus gastfreundlich wirken. Ein Blick in die Diele zeigte die alten Kommoden und Truhen. Erbstücke aus einer langen Familiengeschichte. Sam war immer besonders stolz darauf gewesen. Liebevoll hatte er die Stücke gepflegt und aufgearbeitet. Kerzenflackern schaffte einen herzlichen Empfang für jeden Besucher. Unschlüssig blieb Stella draußen stehen.

Amica, die Border-Collie-Hündin, störte bellend die Ruhe und kündete somit endgültig ihre Anwesenheit an.

Sam, er war von ihren Eltern auf den klangvollen Namen Samuel getauft worden, erschien, gefolgt von Hans Petersen, in der Stalltür. Hans arbeitete seit Stellas Kindheit auf dem Hof und gehörte fast zur Familie.

Sam eilte ihr entgegen. Er schien erfreut zu sein, sie zu sehen.

»Stella, du bist schon da? Ich habe dich noch gar nicht erwartet. Lass dich umarmen.« Schwungvoll wirbelte er Stella, trotz ihrer Pfunde, freudig herum. »Schön, dich hier zu haben. Herzlich willkommen, Schwesterherz.«

»Danke, Sam, ich freue mich auch, wieder hier sein zu dürfen.«

Hans war ihrem Bruder gefolgt. Er beäugte Stella spöttisch.

»Moin, wenn das mal nicht unsere Modelkönigin ist. Hast dich ja mächtig entwickelt. Willst du dein Glück jetzt als Pommeskönigin versuchen? Oder was führt dich zu uns nach Westerhever?« Er reichte Stella eine schwielige Hand. Hans war schon immer bekannt für seine lose Zunge gewesen, aber dieses Mal war er zu weit gegangen. Sie ignorierte seine Hand und funkelte ihn böse an. Sam kam einer weiteren Reaktion zuvor und brachte Ruhe in die Situation.

»Hans, steh nicht rum, mach, dass du an die Arbeit kommst. Für Frechheiten wirst du nicht bezahlt.«

Stella, die es zwar gewohnt war, wegen ihrer Figur belächelt oder gar verspottet zu werden, war zutiefst verletzt. Sie war nicht nach Westerhever gekommen, um beleidigt zu werden. Sie wusste schließlich selbst, dass sie eine pfundige Dame war.

»Entschuldige, Liebes, du kennst ihn ja. Wenn es darum geht, jemanden klein zu machen, ist er gerne zur Stelle. Komm doch erst einmal ins Warme. Hans kann den Rest alleine wegkeulen. Wir machen uns Abendbrot und quatschen ’ne Runde.«

Stella nickte und ließ es zu, dass Sam ihre Hand nahm, um sie ins Haus zu führen.

Im Inneren des Hauses dudelte leise Musik aus dem heimischen Radiosender. Es duftete nach Zwiebeln und Speck. Sam hatte Bratkartoffeln vorbereitet. Ein Glas Sauerfleisch wartete darauf, in hungrige Mägen zu gelangen.

»Das riecht aber himmlisch, versteckte Fette sind nicht dabei?«

»Nein, nein, keine Sorge, die kann man alle sehen. Möchtest du lieber einen Salat? Ich habe Zutaten im Kühlschrank.

»Nur das nicht«, lachte Stella. »Ich brauche Energie für die Stallarbeit.« Verdutzt sah Sam seine Schwester an.

»Du hast wirklich vor, auf dem Hof zu helfen? Ich würde mich sehr darüber freuen, aber du hast dich doch nie dafür interessiert.«

»Ich habe es mir zumindest fest vorgenommen, aber bitte habe am Anfang Geduld mit mir, bis ich mich eingearbeitete habe.«

»Solange du nicht versuchst, den Bullen Milch zu entlocken, werden wir schon klarkommen.«

Die Geschwister lachten unbeschwert und bereiteten das Abendessen vor. Bei einem Glas Wein saßen sie anschließend noch lange in der Küche, um Neuigkeiten auszutauschen. Sam war erbost, auf welche Art und Weise sein Schwager Stella vor die Tür gesetzt hatte.

»Du hast das Wohnmobil noch nie selbst gefahren?«

»Nein, und ich war mächtig stolz, dass es so gut lief. Nur den Unfall hätte ich nicht gebraucht. Ich bin immer noch ziemlich fertig. Das kleine Mädchen, ich kann sie nicht vergessen.«

»Das kann ich gut verstehen. Du bist trotzdem die Heldin des Tages.« Liebevoll lächelte er seine Schwester an.

Stella fragte, wo sie die Nacht verbringen durfte. Sam bot ihr gönnerhaft sein Schlafzimmer an. Er selbst würde auf dem Sofa schlafen. Stellas Widerworte ließ er nicht gelten. Sie war froh, endlich ins Bett zu kommen, hundemüde fiel sie auf die Matratze. Schon von diesem Moment an liebte Stella es, im Bett ihres Bruders zu schlafen. Sie fühlte sich zu Hause und angekommen. Sie bemerkte bereits nicht mehr, dass Sam das Licht gelöscht hatte.

Nestbau

Stella erwachte gegen Mittag, ein traumloser Schlaf lag hinter ihr. Erschrocken stellte sie fest, dass auf dem Hof hektischer Betrieb herrschte. Ihre Vorsätze, hilfreich tätig zu werden, hatte sie schon am ersten Tag verschlafen. Schnell schwang sie ihre Beine aus dem Bett und lief in Unterwäsche über die kalte Diele in das Badezimmer. Leider musste sie feststellen, dass ihre Duschutensilien immer noch im Wohnmobil waren. Sie nahm eine Zahnbürste aus dem kleinen Schränkchen und begnügte sich mit Sams Duschlotion.

Mit einem maskulinen Duft erschien Stella in der Küche. Kaffee stand für sie bereit. Dankbar befüllte sie einen Becher mit dem schwarzen Wachmacher.

»Moin, Stella, gut geschlafen?« Tine, die Haushaltshilfe erschien in der Küche und begann mit den Vorbereitungen für das Mittagessen.

»Moin. Gut ja, aber viel zu lange. Ich wollte mich doch nützlich machen.« Lachend winkte Tine ab.

»Dazu wirst du noch genug Gelegenheit bekommen. Sam hat für dich Ruhe verordnet. Wenn du willst, kannst du später dein Jungendzimmer einrichten.« Tine musterte Stella. Auch ihr schien es nicht entgangen zu sein, dass Stella noch fülliger geworden war, seit sie das letzte Mal in Westerhever gewesen war. Stella fühlte die missbilligenden Blicke.

»Hast du vor, meinen Job zu übernehmen?« Tine kam gleich zum Thema. Sie arbeitete seit zwanzig Jahren für Sam. Wenn seine Schwester wieder auf dem Hof war, würde sie unter Umständen überflüssig werden. Am Anfang hatte Tine noch geglaubt, dass Sam und sie ein Paar werden könnten. Heimlich liebte sie ihn immer noch. Tine band ihre lange Mähne zum Zopf. Sie trug Jeans und einen leichten Pulli. Ihre Füße steckten in Holzschuhen. Tine liebte ihre Arbeit und ihre leuchtenden Augen zeigten, wie gerne Tine für Sam tätig war.

»Auf gar keinen Fall, Tine. Hausarbeit habe ich fast mein ganzes Leben gemacht. Zu meinem neuen Abschnitt passt es nicht ins Programm. Ich koche zwar sehr gerne, wie du dir sicher denken kannst«, Stella strich mit der Hand über ihren vorstehenden Bauch, »aber ich möchte etwas Neues anfangen. Mir fällt schon etwas Passendes ein. Keine Sorge.« Stella lächelte Tine verständnisvoll zu. Sie nahm einen Apfel aus dem Obstkorb und ging in ihr Zimmer, um einen Überblick zu bekommen, wie groß das Chaos wirklich war.

Sam hatte nicht übertrieben. Stella wurde von unzähligen Kisten, alten Möbeln und jeder Menge Staub empfangen. Ihr Bruder hatte ganze Arbeit geleistet, aus diesem hübschen, hellen Zimmer eine Kammer der Verzweiflung werden zu lassen. Ein weiß lackiertes Bett stand in der hinteren Ecke. Bücher stapelten sich darauf, eines verstaubter als das andere. Die Gardinen mit Teddybären erinnerten an ein Kinderzimmer. Stellas Blick fiel auf den großen, weißen Schrank. Der würde gut zum Bett passen. Sollte sie diese Kammer einmal leergeräumt haben, würde auch ihr Sessel gut mit dem übrigen Raum harmonieren.

Im angrenzenden Bad sah es nicht anders aus. Sam hatte dort ausrangiertes Melkgeschirr verstaut. Er konnte einfach nichts wegwerfen. Da kam ein nicht benutztes Bad gerade richtig. Stella seufzte. Wo sollte sie nur anfangen? Ihr Hab und Gut im Wohnmobil konnte sie getrost erst einmal dort lassen. Es würde hier alles nur noch unübersichtlicher machen. Kurz spielte sie mit dem Gedanken, im Wohnmobil zu bleiben. Ihr Neuanfang sollte jedoch eindeutig anders aussehen. Sie zog ihren Mantel an und begann mit der Suche nach ihrem Bruder. Sie lag richtig mit der Vermutung, ihn im Stall anzutreffen.

»Sam, ich brauche einen Rat. Hast du hier irgendwo ein Plätzchen, wo ich den Plunder aus meinem Zimmer lagern kann? Im Nebengebäude vielleicht?«

»Au, nur das nicht, ich brauche hier jede Ecke. Schau doch mal auf dem Dachboden im Haus nach, ob dort noch eine Ecke frei ist. Da sind noch jede Menge Dinge von unseren Eltern, ich bin sicher, dass einiges entsorgt werden kann. Wir ordern einen Container und weg damit.« Er wischte sich Schweiß von seiner Stirn und zwinkerte Stella zu.

»Ich werde aber nicht das alte Melkgeschirr auf den Boden bringen. So ein unnützer Ballast muss weg. Du brauchst das doch im Leben nicht mehr.« Sam bekam große Augen.

»Das weiß man nie, wenn mal etwas kaputt geht ...«

»Dann wird es wieder in Ordnung gebracht. Die Anschlüsse passen ohnehin nicht mehr für die neue Anlage.« Ohne eine Antwort abzuwarten, ließ sie ihren verdutzten Bruder stehen und lief zum Haus zurück.

Zuerst suchte sie die Telefonnummer der Abfallwirtschaft, um einen Container zu ordern. Es würde die Sache vereinfachen, wenn sie wusste, wohin mit dem Krempel. Danach ging sie in das obere Stockwerk und versuchte, sich zu erinnern, wo die Bodenluke zu finden war.

Sie musste auf einen Stuhl steigen, um sie zu öffnen. Dabei fiel ihr jede Menge Staub entgegen. Prustend bahnte sie sich einen Weg durch die Spinnenweben. Das Reetdach wies eine Vielzahl an riesigen Netzen dieser fleißigen Tierchen auf. Stella ertastete den Lichtschalter. Eine vom Licht aufgescheuchte Maus suchte eine Zufluchtsstätte.

Stella hatte zum Glück keinen Ekel vor diesen Tieren, aber auf dem Dachboden hatten sie nichts verloren. Sie würde einen der Stubentiger darauf ansetzten. Mika, eine der Katzen, war eine gute Jägerin und konnte ihr beim Aufräumen helfen.

Es bereitete ihr ein wenig Mühe, durch die enge Luke zu steigen, aber Stella ließ sich dadurch nicht abhalten. Nun galt es, herauszufinden, welche der Dinge entsorgt werden konnten. Eigentlich war hier noch genügend Platz für allerlei zusätzlichen Krempel.

Eine Truhe weit hinten in der Ecke erweckte ihre Aufmerksamkeit. Unter Anstrengung gelang es Stella, die Truhe zu öffnen. Ein Meer von Briefen und Akten erblickte das Dämmerlicht. Mit spitzen Fingern holte sie einen Briefordner hervor. Staunend erkannte Stella die schöne Handschrift ihrer Mutter.

Als Jugendliche hatte sie sich immer gewünscht, mehr über ihre Mutter zu erfahren. Mama hatte nie viel aus ihrer Jugend erzählt. Stella hatte sich oft gefragt, ob ihre Mutter in jungen Jahren auch so gefühlt oder gedacht hatte wie Stella selbst.

Alte Liebesbriefe, die ihre Mutter dem Anschein nach nie abgeschickt hatte, öffneten ihr nun ein Fenster zur Vergangenheit ihrer Mama. Zutiefst berührt las sie einige Zeilen. Eine Spinne krabbelte ihre Schulter entlang. Stella schnippte sie mit dem Finger weg.

Mein lieber Hans, ich weiß nicht, ob du diese Zeilen jemals lesen wirst, ich habe Angst, diesen Brief abzuschicken. Sollte er in falsche Hände geraten, wäre es unser aller Untergang. Unsere Familien würden uns vom Hof jagen. Klaus hat wieder angefangen zu trinken. Du weißt, was dies für mich bedeutet ...

Ergriffen ließ Stella den Brief sinken. Ihr Vater hatte immer viel getrunken, fast wäre der Hof dabei draufgegangen. Aber ihre Mutter und Hans Petersen? Oder gab es noch einen anderen Hans? Stella war nicht sicher, ob sie weiterlesen durfte, oder auch wollte. Welche Geheimnisse würde sie noch entdecken? Mit zittrigen Fingern legte sie die Geheimnisse ihre Mutter zurück in die Truhe. Fast liebevoll entstaubte sie den Deckel mit der Hand und schob sie zurück in die hinterste Ecke der Dachschrägung.

»Du hast recht, Mama. Alles müssen die Kinder nicht wissen«, flüsterte sie unter Tränen. Ihr Bruder steckte seinen Kopf durch die Dachluke.

»Nun, findest du genügend Platz hier oben? Sieht doch ganz übersichtlich aus. Einen Container brauchen wir sicher nicht.« Zufrieden sah er den Boden genauer an.

»Sicher brauchen wir einen, ich habe bereits einen bestellt.« Stella kroch aus der Ecke heraus und putzte den Staub ab.

»Hast du geweint?«

»Nö, Stauballergie«, log Stella und scheuchte Sam von der Leiter, damit sie hinuntersteigen konnte. Fürs Erste genügte ihr die Reise in die Vergangenheit. Sie wollte zuerst ihr Zimmer leerräumen. Den Brief ihrer Mutter versuchte sie aus ihrem Gedächtnis zu verbannen.

»Ich werde morgen weitermachen, wenn der Container da ist. Es macht wenig Sinn, mein Zimmer auszuräumen, wenn ich nicht weiß, wo ich den Schrott lagern kann.«

»Dann komm doch mit in den Stall, ich muss eine Geburt überwachen und den Tierarzt in Empfang nehmen.«

»Was wird entbunden?« Stella wurde neugierig und wollte den neuen Erdenbürger zu gerne als Erste begrüßen.

»Meine Stute, Latina, bekommt ihr Fohlen. Ich bin etwas nervös. Ich habe sie selbst aufgezogen und sie ist einer meiner Lieblinge.«

»Na, dann, ab in den Stall.« Stella gab ihrem Bruder einen liebevollen Klaps auf den Po. »Lassen wir Latina nicht warten.«

Eine Hupe kündigte den Tierarzt Dr. Krüger an. Stella kannte ihn noch von früher. Er war schon immer verantwortlich für das Wohl der Tiere auf dem Clausen-Hof.

Neues Leben

Der SUV des Veterinärs parkte neben Stellas Wohnmobil. Mit eiligen Schritten betraten die Geschwister den Pferdestall. Stella stutze, weil sie Dr. Krüger anders in Erinnerung hatte. Dieser war viel jünger und größer. Er flüsterte Latina beruhigende Worte ins Ohr. Als er Sam erblickte, strahlte er ihn an.

»Moin, Samy, ich glaube, es dauert nicht mehr lange. Hast du den Sekt schon kaltgestellt?« Dr. Krüger erblickte Stella und lächelte sie an. »Stella? Welche Überraschung, schön dich wiederzusehen.« Freudig reichte er ihr die Hand.

»Michael, ich habe dich nicht gleich erkannt. Du hast die Praxis deines Vaters übernommen? Sagtest du nicht immer, du wolltest Pilot werden?« Sie lächelte und begrüßte ihn herzlich. Früher hatten sie nebeneinander die Schulbank gedrückt. Michael hatte ihr in Mathe geholfen und Stella hatte Michael im Deutschunterricht unterstützt. Seine grauen Augen leuchteten wie früher und sein Blick berührte Stella im Herzen. Damals hatte Michael ihr unentwegt den Hof gemacht. Stella hatte jedoch nie Interessen an diesem schüchternen, wortkargen Jungen gezeigt.

Latina machte alle Anwesenden darauf aufmerksam, aus welchem Grund die Versammlung im Stall stattfand. Sie wieherte laut und stampfte mit den Hufen. Sam war sofort in Sorge.

»Michael, sie stirbt doch nicht, oder?«

»Quatsch, Sam, das ist doch nicht deine erste Geburt. Nun

beruhige dich, oder ich werfe dich aus dem Stall.« Er zwinkerte Stella zu. »Deine Schwester und ich werden das Kind schon schaukeln.« Stella stand schon an der Box, um Latina beizustehen.

»Sie ist wunderschön.«

Die Stute hatte allerdings in diesem Moment kein Interesse an ihrem Aussehen. Schaum tropfte aus ihrem Maul und die Augen wirkten panisch. Stella sah besorgt zu Michael. Er schlüpfte in die Box und untersuchte das schmerzerfüllte Tier.

»Sieht nach einer Spontangeburt aus ...«

Latina legte sich ins Stroh und schlug verzweifelt mit den Hufen. Stella kniete neben dem Kopf der Schönheit nieder. Sie sprach leise auf das Tier ein. Michael sah zu ihr herüber, während er versuchte, dem Neuankömmling auf die Welt zu helfen.

»Stella, das wir einmal zusammen ein Fohlen auf die Welt holen, hätte ich damals nie geglaubt. Gott, habe ich dich angehimmelt. Du bist immer noch die liebenswerte Stella aus unserer Schulzeit.« Er vergaß die Stute und blickte ihr tief in die Augen. Stella waren seine Blicke unangenehm. Die Jahre waren schließlich nicht spurlos an ihr vorbeigegangen. Meinte er das ironisch?

Der kleine Hengst lag plötzlich im Stroh. Entzückt robbte Stella zu ihm und rieb dieses zarte Geschöpf mit Stroh, bis es trocken war.

»Sam, wie soll er heißen?« Sie suchte den Augenkontakt zu ihrem Bruder. Tränen standen ihm in den Augen. Schniefend gab er die Entscheidung der Namensgebung an Stella zurück.

»Stallone«, lautete prompt ihre Antwort. »Hengst auf Italienisch. Diese schwarze Schönheit wird ganz Schleswig-Holstein entzücken.« Bewundernd sah Michael sie an.

»Gute Wahl, Sternchen. Du hattest schon immer einen guten Geschmack.«

»Das *chen* lass mal weg, ich bin schon groß.«

»Seht mal, er trinkt!« Sam war überglücklich. Auch er war in die Box getreten und streichelte seine Lieblingsstute. »Großartig hast du das hinbekommen, Latina.«

Stella hockte plötzlich wie versteinert im Stroh.

»Ich habe ein Versprechen nicht eingelöst«, jammerte sie verzweifelt. Dicke Tränen tropften unentwegt auf Latinas Fell. Bestürzt und verständnislos sah Michael sie an. Sam wusste sofort, wovon sie sprach. »Ich sollte seiner Frau doch noch sagen, wie sehr er sie liebte! Wenn er nun seinen Verletzungen erlegen ist, kann er seiner Frau nicht mehr sagen, wie wichtig sie für ihn war.« Kraftlos lag ihr Körper neben dem der Stute. Sam setzte sich zu ihr und nahm sie in den Arm.

»Das wirst du noch, Kleines. Wir werden herausfinden, wo die Familie wohnt. Versprochen.« Schluchzend verließ Stella die Box.

»Danke, Sam. Bitte entschuldige, Michael, ich bin sonst nicht so eine Heulsuse.« Sie warf noch einen Blick auf die junge Mutter mit ihrem Fohlen. Es gelang ihr zumindest wieder ein Lächeln.

Leuchtturm-Romantik

Stella holte ihr Fahrrad aus dem Gepäckraum ihres Wohnmobils, um zum Leuchtturm zu radeln. Ein Spaziergang um das Wahrzeichen Westerhevers hatte ihr schon immer gutgetan. Sie machte sich keine Umstände und fuhr in ihren Arbeitsklamotten los. Stella trat kräftig in die Pedale. Die fünf Kilometer waren keine leichte Herausforderung für eine füllige Frau, wie sie es nun einmal war. Schon nach wenigen Metern floss der Schweiß, trotz der winterlichen Kälte, aus allen Poren.

Stella spürte ihren Körper vibrieren. Er war versucht, ihr den Dienst zu versagen. Dennoch hatte sie ihr Ziel in nur einer halben Stunde erreicht. Vor den Verkaufsständen stieg sie außer Atem vom Rad. Der kleine Imbiss, der schon immer eine willkommene Unterbrechung ihrer Touren zum Leuchtturm gewesen war, hatte geschlossen.

Es war Winter, die Saison würde erst wieder im März beginnen. Das kleine Häuschen sah merkwürdig verlassen aus. Sie schob ihr Fahrrad weiter und entdeckte ein Schild.

Pächter gesucht

Schnell notierte sie die Telefonnummer. Vielleicht wäre das ja die perfekte Aufgabe für sie? Etwas heruntergekommen wirkte dieser Schuppen schon. Da musste noch einiges gemacht werden, um wieder ein nettes Ausflugslokal daraus zu zaubern. Stellas Interesse war geweckt. Sie schreckte auf, als ein Auto scharf neben ihr bremste. Michael.

»Alles wieder in Ordnung? Ich habe mir Sorgen um dich gemacht.« Typisch, er war früher schon immer besorgt. Nur, dass Stella es inzwischen wertschätzen konnte. Sie lächelte ihm zu.

»Ja, es geht wieder, danke. Ich werde noch mal zum Leuchtturm hinübergehen. Willst du mitkommen?« Michael warf einen prüfenden Blick auf den Rücksitz, wo seine dicke Jacke lag. »Jo, ich komme mit dir. Ein bisschen Bewegung wird mir guttun.« Er stieg aus und ließ den SUV einfach stehen.

Schweigend gingen sie dicht nebeneinander über den Deich. Galant hielt Michael ihr die Deichpforte auf. Der weite Blick hinüber zur See beflügelte Stella und löste unweigerliche ein Glücksgefühl aus. Der Weg zum Leuchtturm war nicht überflutet, ungehindert konnten sie ihren Weg fortführen. Michael schien das Schweigen nicht mehr auszuhalten. Neugierig betrachtete er Stellas Profil. Ihre Augen, verquollen von Tränen, richteten ihre Aufmerksamkeit dem Ziel entgegen.

»Stella?«

»Ja?« Sie sah ihn nicht an.

»Kommst du für immer zurück nach Westerhever?«

»Ich weiß es noch nicht, gut möglich.« Ihre Schritte wurden langsamer. Mit gesenktem Kopf beobachtete sie ihre Füße. Es schien, als ob diese von ganz allein einen eigenen Weg gingen.

Stella musste ihnen folgen, ob sie wollte oder nicht. Verwundert stellte sie fest, wie einfach es war. Ihren Weg gehen. Es waren noch viele Schritte nötig bis zur Ankunft. Stella war bereit, sie zu bewältigen.

»Ich habe gesehen, dass die Bude dahinten zu verpachten ist. Warum soll ich nicht etwas tun, was ich kann. Kochen.« Sie strahlte Michael an. Eine Idee wurde in diesem Moment geboren. Ihre Aussage vom Mittag, nie wieder an den Herd zu gehen, vergaß sie dabei ohne Reue.

»Hast du keine anderen Talente? Ich dachte, du hast einmal studiert?«

»Ja, Tiermedizin, davon weiß niemand etwas. Meine Eltern dachten, ich tingele auf den Laufstegen um die Welt. Bin ich auch, um mein Studium zu finanzieren. Als ich Holger kennenlernte, habe ich alles hingeschmissen und bin ihm in die Welt der Anwälte gefolgt. Vor allem in die Welt der Anwaltsfrauen. Dinnerpartys, Sommerfeste, Geschäftsessen organisieren und lächeln.«

Michael blieb wie angewurzelt stehen. Erstaunt sah er Stella an.

»Du hast was studiert? Nicht zu glauben. Ich suche dringend jemanden, der mir in der Praxis hilft. Wäre das nichts für dich?«

»Nein, ich möchte keine Abhängigkeit mehr, weder von einem Chef noch von einem Mann.«

»Stella, du hast doch viel größere Möglichkeiten, dich zu verwirklichen.

»Wer sagt denn, dass es eine gewöhnliche Bude wird?« Geheimnisvoll grinste sie Michael an. »Außerdem ist es vorerst nur eine Idee. Vielleicht bleibe ich bei Sam und mische den Hof mit auf.«

»Sam lässt sich nicht ins Handwerk pfuschen, dazu ist er zu selbständig. Diverse Frauen haben es vor dir versucht und haben sich die Zähne ausgebissen.«

»Erstens bin ich seine Schwester, zweitens will ich meinen Bruder nicht verbiegen. Wir würden ein gutes Team abgeben.« Stellas Wangen leuchteten von der Kälte rot. Ihr Gesicht wirkte wie ein sanfter Pfirsich. Michael sah sie entzückt an.

»Dir geht es besser, nicht wahr?« Stella war es nicht bewusst gewesen, doch als Michael sie darauf ansprach, spürte sie ihren Körper aufblühen. Übermütig gab sie ihm einen Knuff.

»Ja, ich fühle mich gut und voller Tatendrang. Sicher hat Stallone das bewirkt. Ein neues Leben, neues Glück.«

Sie erreichten denn Leuchtturm nicht mehr. Am Ende war doch das Wasser stärker und zwang die beiden zur Umkehr. Der Wind, jetzt steif von vorne kommend, war sehr kalt geworden. Stella steckte ihre Hände in die Jackentaschen.

»Mist, Handschuhe wären jetzt gut.«

Michael blieb stehen und zog ihre klammen Hände aus der Manteltasche in seine. Die Wärme, die von ihm ausging, strömte unter Stellas Haut. Schweigend gingen sie Hand in Hand weiter. Zumindest hatte sie nun nur noch eine unterkühlte Hand. Einige Meter weiter wechselte Michael die Seite. Fürsorglich zog er Stellas Mantelkragen hoch und wickelte ihren Schal fester. Dabei blinzelte er ihr liebevoll zu.

Beiden erschien der Rückweg viel kürzer als der Hinweg. Endlich hatten sie ihren Ausgangspunkt erlangt. Stella schauderte ein wenig, sie musste schließlich den Weg zum Hof mit dem Fahrrad zurücklegen.

»Heute habe ich genug Sport gemacht. Wenn ich zu Hause bin, falle ich bestimmt gleich ins Bett.« Die aufkommende Dunkelheit erwähnte sie nicht.

»Ich bringe dich. Mein Auto ist groß genug, auch noch ein Fahrrad unterzubringen. Ich lasse dich nicht im Dunkeln fahren.«

Erleichtert strahlte Stella ihn an. Er konnte ihre Gedanken lesen, es fühlte sich unbeschreiblich gut an.

Zurück am Hof statteten sie der jungen Mutter erneut einen Besuch ab.

Latina spitzte sofort die Ohren, sie hatte die Besucher schon gehört. Neugierig versuchte der Minihengst, einen Blick zu erhaschen.

»Hey, ihr zwei, geht es euch gut?« Stella schlüpfte in die Box, um die Pferde zu bekuscheln. Stallone stupste sie vertrauensvoll an.

»Ist er nicht prachtvoll? Ich bin ganz verliebt in den Burschen.« Michael nickte ihr versonnen zu.

»Ich muss weiter, Stella, es war ein schöner Nachmittag mit dir. Darf ich auf eine Wiederholung hoffen?«

»Wir werden uns bestimmt öfter treffen. Ein Tierarzt wird hier immer gebraucht. Genauso wie gute Freunde.« Lachend verabschiedete sie ihren ehemaligen Schulfreund mit einer Umarmung.

Stella hockte im Stroh und beobachtete verträumt die Pferde. Stallone stupste sie immer wieder freundlich an. Stella war zum ersten Mal seit langer Zeit glücklich. Dass ausgerechnet der Stall ihre Glücksgefühle hervorrief, hätte sie im Traum nicht gedacht.

An die Boxenwand gelehnt schlummerte Stella ein. Begleitet von den Stallgeräuschen, fiel sie hinein in das Land der Träume.

Sam war erstaunt, als er seine Schwester schlafend in der Box vorfand. Ein ungewohntes Bild. Stella, schlafend mit glücklichem Lächeln, und das ausgerechnet im Stall. Grinsend beobachtete er sie eine Weile, bevor er sie aufweckte.

»Stella, du Schlafmütze, du hast das Abendessen verpasst.« Stella öffnete die Augen und starrte ihn an. Sie musste erst überlegen, wo sie war.

»Sam, tut mir leid, ich muss eingeschlafen sein. Hast du mich gesucht?«

»Nur ein bisschen, ich bin nicht deine Aufsichtsperson.« Lachend half er ihr beim Aufstehen. »Stella! Ich möchte dir Stallone schenken, er gehört dir.«

»Nicht dein Ernst! Bist du dir ganz sicher?« Skeptisch beäugte sie ihren Bruder.

»Ganz sicher.« Jubelnd stürmte sie auf Sam zu und küsste ihn.

»Danke, Bruderherz, ich freue mich wahnsinnig über dein Vertrauen. Ich weiß, wie sehr dir deine Pferde am Herzen liegen. Ich werde dich nicht enttäuschen. Wenn ich Fragen habe, wende ich mich an dich. Einverstanden?«

»Unbedingt.« Sam nahm Stella an die Hand, um sie ins Haus zu führen. Es war ein langer Tag gewesen und er sollte endlich mit einer Mahlzeit abgeschlossen werden.

Das Wiedersehen

Stella erwachte am nächsten Morgen sehr früh. Voller Tatendrang erschien sie in der Küche, wo Sam und Hans schon bei der morgendlichen Stärkung saßen. Sie blickten ihr erstaunt entgegen. Sie hatten offenbar noch nicht mit Stella gerechnet.

»Na, kommst du, um uns das Frühstück wegzufuttern?« Hans sah sie mit geschlitzten Augen an. Brummig schlürfte er dabei seinen Kaffee. Diesmal ließ Stella eine Einmischung ihres Bruders nicht zu. Sie funkelte Hans spöttisch an.

»Genau, Hans. Jedem das, was ihm zusteht. Mein Körper braucht einfach mehr Energie als deiner. Darum bin ich auch nicht so verbittert und schrumpelig. Du kannst dich gerne mit mir anlegen, wenn du es brauchst. Schauen wir mal, wer den Kürzeren zieht.« Sie stemmte ihre Fäuste in die Hüften und schob ihren Bauch provozierend vor. Sam reagierte gelassen auf die Kampfhähne am Morgen. Seelenruhig trank er seinen Becher mit dem Kaffee leer. Er schenkte keinem der beiden Beachtung. Sie mussten ihre Zankereien alleine in den Griff bekommen und Stella hatte ihm gerade bewiesen, dass sie dazu in der Lage war.

»Nee«, brummte Hans, »is schon gut. Ich brauche meine Arbeitskraft für wichtigere Dinge. Nix für ungut, Frau Engel.« Hans erhob sich, um in den Stall zu gehen.

»Gut gebrüllt, Löwe. Ich bin stolz auf dich. Ich glaube, Hans wird dich in Zukunft in Ruhe lassen.« Sam schmunzelte ihr zu. »Was möchtest du heute anstellen?« Während Stella einen Kaffee eingoss, überlegte sie kurz.

»Mein Zimmer ausmisten. Der Container müsste bald da sein. Danach fahre ich nach Heide zum Baumarkt, um Farbe zu kaufen. Ein neuer Anstrich ist unumgänglich.«

»Gut, dann bist du beschäftigt. Soll ich mich um die Pferde kümmern?«

»Nein, ich möchte mir das nicht entgehen lassen, Latina und Stallone zu verwöhnen.« Ihre Augen glänzten, sie freute sich auf die Pferde. »Wann darf das Fohlen zum ersten Mal raus? Ich würde ihm gerne den Hof zeigen.«

»Da warten wir lieber noch eine Weile, es ist empfindlich kalt. Es braucht noch die Sicherheit der Mutter und die Wärme des Stalls.« Stella nickte.

»Okay, dann warte ich noch. Stella schnappte ein Brötchen aus dem Brotkorb, um es mit Quark zu bestreichen. Sie musste sich zwingen, nicht mit dem Frühstück in der Hand loszugehen. Stella war aufgeregt, weil sie wissen wollte, wie die Pferde ihre Nacht verbracht hatten.

Nachdem Stella eine Stunde im Stall verbracht hatte, wollte sie ins Haus gehen, um an ihrem Zimmer weiterzuarbeiten. Sie überquerte den Hof und blieb plötzlich wie angewurzelt stehen. Sie traute ihren Augen nicht. Lässig lehnte Hauke an ihrem Wohnmobil. Er strahlte ihr entgegen. Stellas Schritte wurden schneller.

»Hauke! Das ist aber eine Überraschung. Hat deine Oma dir frei gegeben?« Lachend umarmte sie ihren Freund. Regungslos verharrte Hauke in der Umarmung. Stella löste sich von ihm und betrachtete Hauke irritiert.

»Was ist los? Wer hat dir etwas getan?« Mit gesenktem Kopf stand er immer noch regungslos vor ihr.

»Hauke! Nun sag schon!« Stella war in Sorge. Hauke druckste herum.

»Na ja, meine Oma kann ihr Café nicht weiterführen, ich soll einen Pächter suchen, oder den Laden selbst übernehmen. Ich will beides nicht. Die Ärzte raten meiner Oma dringend ab, weiterhin über Stunden im Café zu stehen, ihre Hüfte würde das nicht mitmachen. Schließlich hat sie das Rentenalter schon längst erreicht. Sie hat einen Ruhestand mehr als verdient.«

»Warum willst du es nicht verpachten? Es bleibt doch in eurem Besitz.«

»Ich weiß.« Traurige Augen schauten Stella an.

»Du sentimentaler Junge, du.« Stella knuffte ihn in die Seite. »Soll ich mich eine Weile darum kümmern?« Sie sah plötzlich eine Möglichkeit, sich neuen Aufgaben zu stellen.

»Würdest du dir das zutrauen?« Überrascht musterte er Stella.

»Nee, nicht wirklich, aber es käme auf einen Versuch an. Was meinst du, wollen wir es probieren?« Motiviert strahlte sie Hauke an.

»Ich zeige dir die Spelunke erst mal, dann schläfst du noch 'ne Nacht drüber und ich stelle dir meine Oma vor.« Hauke wirkte nun alles andere als zerknirscht oder traurig. Der Schalk leuchtete in ihm auf. Über diese Lösung schien er sich zu freuen.

»Komm erst mal hinein, ich zeige dir mein zukünftiges Zimmer. Hast du Lust, mir zu helfen?« Auffordernd winkte sie Hauke ins Haus. Hans erschien in der Tür zum Stall. Er warf Hauke misstrauische Blicke zu. Mit gesenktem Kopf lief er auf die beiden zu, dabei behielt er Hauke im Blick. Er sah zum Fürchten aus. Zusätzlich ging er mit weitausholenden Schritten. Hauke blieb ehrfürchtig stehen und wartete auf ein Donnerwetter, warum auch immer dieser griesgrämige Mann es auf ihn abgesehen hatte. Auge in Auge standen die Männer sich gegenüber.

»Was wünschen Sie?« Hans schnaubte die Worte förmlich.

»Hans, es ist alles in Ordnung, das ist ein Freund von mir. Er besucht mich.« Ohne ein weiteres Wort drehte Hans auf dem Absatz um. Mit eingezogenen Schultern ging er an seinen Arbeitsplatz zurück. Stella hatte währenddessen nicht bemerkt, dass sie die Luft angehalten hatte. Nun ließ sie diese mit einem lauten Pfiff aus. Hauke entspannte seine Fäuste wieder.

»Ähm … wer war das? Dein Aufpasser? Respekt, diese Aufgabe steht ihm ausgesprochen gut. Wenn ich nicht wüsste, dass deine Eltern nicht mehr leben, hätte ich gedacht, er ist dein Pa und will deine Jungfräulichkeit verteidigen.« Stella fuhr der Schreck in die Glieder. Die Briefe ihrer Mutter fielen ihr wieder ein. War er der Grund, warum sie nie richtig in ihre Familie gehörte? Sie stets fremd war auf dem Hof? Jetzt wurde es ihr bewusst. Stella hatte nie ihre Wurzeln gespürt. Sam durfte mit Hans Trecker fahren, Heu ernten und vieles mehr. Aber ihre Mutter hatte mit Argusaugen darauf geachtet, dass Stella nie mit Hans unterwegs gewesen war. Stella schüttelte ihre Gedanken ab.

Hauke, der Stella beobachtete, bemerkte sofort, dass etwas nicht stimmte.

»Kann ich dir irgendwie helfen, Stella?« Besorgt nahm er ihre Hand. Stella entzog sie ihm wieder und schüttelte heftig ihren braunen Schopf.

»Nee, mir kann niemand helfen. Komm, lass uns endlich ins Haus gehen.«

Am späten Abend, als Sam mit seinen Freunden zum Stammtisch losgezogen war und sie Hauke verabschiedet hatte, schlich Stella mit einer Taschenlampe die Treppe zum Dachboden hinauf. Sie betätigte den Lichtschalter nicht. Im Schein der kleinen Lampe wirkte der verwaiste Dachboden mystisch auf sie. Die Spinnenweben, vom Licht angestrahlt, erschienen Stella wie zarte Gardinen. Sie steuerte direkt auf die Truhe zu. Mit klopfendem Herzen öffnete sie den schweren Deckel. Das laute Quietschen klang wie ein Protest in ihren Ohren. Das Fenster der Vergangenheit ihrer Mutter stand geöffnet vor ihr. Fast spürte sie einen leichten Windhauch in ihrem Gesicht. Ihr Atem stockte. Trotz der Kälte auf dem Dachboden schwitzte Stella. Mit feuchten Fingern entnahm sie die schon bekannte Briefmappe.

Stella drückte die noch verborgenen Geheimnisse an ihre Brust und umschlang sie mit beiden Armen. So saß sie auf dem Fußboden im Staub. Das Licht der Taschenlampe hatte sie gelöscht. Die Dunkelheit gab ihr eine gewisse Sicherheit. Sie schloss die Augen, um das Gesicht ihrer Mutter zu visualisieren. Es erschien ihr mit einem gütigen Lächeln. Stella glaubte zu spüren, wie ihre Mutter ihr über das Haar strich. Mit der Nähe ihrer Mutter hockte Stella spät nach Mitternacht immer noch in ihrer Position, bis die Kälte ihren Körper erobert hatte. Stellas Aufmerksamkeit gelangte in die Realität zurück. Sie erhob sich mühselig und legte die Briefe an ihrem Ort in der Truhe ab. Sie schloss vorsichtig den Deckel, so als ob sie befürchtete, ihre Ahnen wecken zu können.

»Gute Nacht, Mom«, flüsterte sie und schlich die Leiter hinunter. Ihr Bett hatte Stella neu bezogen, die Bücher, die dort sehr lange auf einen Leser gewartet hatten, standen abgestaubt in einem Bücherregal. Angekleidet lag sie auf dem Bett und ließ den aufkommenden Tränen ihren Lauf. Sie horchte auf, als Sam durch die Diele polterte. Er schien angetrunken zu sein. Mit dem guten Gefühl, ihren Bruder in der Nähe zu haben, schlief sie ein.

Nachtwanderung

Stella war erstaunt, wie schnell die Zeit auf dem Hof verging. In wenigen Tagen sollte wirklich schon Weihnachten sein. Sie erledigte die Einkäufe der Nahrungsmittel, die das Überleben an den Feiertagen sichern sollten. Auch neuer Christbaumschmuck musste ihrer Meinung nach her. Sam hatte nur die alten Sachen, die ihre Mutter vor zig Jahren liebevoll gesammelt hatte. Nur einige wenige Raritäten der Sammlung aus Kinderzeiten duldete Stella in ihrer Auswahl des Weihnachtsschmucks.

»Stella, ich muss Hans aber wieder einladen, er ist alleine und seit jeher Gast bei uns. Meinst du, du kommst klar damit?« Sam sah von seinen Buchhaltungsunterlagen auf und musterte Stella besorgt.

»Ich weiß, wird schon gutgehen. Was meinst du, wollen wir Michael auch einladen? Ich glaube, er ist auch allein und will sich verkriechen. Das werden wir doch zu verhindern wissen, oder?« Stella grinste ihren Bruder an und biss herzhaft in einen Apfel. Dabei ließ sie sich auf dem Schreibtisch nieder.

»Gerne, aber bring mir die Papiere nicht durcheinander …«

»So dick ist mein Hintern nun auch wieder nicht«, protestierte Stella, sprang jedoch trotzdem von der Schreibtischplatte herunter. Lachend gab sie Sam einen Kuss auf den Hinterkopf und huschte zur Bürotür hinaus. Sam sah ihr versonnen nach. Stella spürte seine Blicke und drehte sich noch einmal um. Stella blühte von Tag zu Tag mehr auf. Sie wirkte frisch und glücklich. Er sah sie fürsorglich an.

»Steckt unser Doktor dahinter, dass du so strahlst? Ich würde mich für dich freuen, Schwesterherz.« Sam grinste und richtete seine Aufmerksamkeit wieder auf die verhasste Buchhaltung. Kopfschüttelnd zog Stella die Tür zu.

Stella wollte gerade Michael anrufen, als Hans hereinkam. Er steuerte durch die Diele auf Stella zu.

»Moin, Stella, ich habe den Baum besorgt. Willst du ihn schon im Wohnzimmer haben? Dann stelle ich ihn dir rein.« Er rieb seine schwieligen Hände aneinander und beäugte Stella vorsichtig. Er schien erleichtert zu sein, dass sie ihn anlächelte.

»Oh, wie schön, Hans. Soll ich mithelfen?« Hans senkte den Blick.

»Nee, is nicht nötig, ich fürchte nur, ich mach hier alles dreckig. Die Baumnadeln werden hier überall rumliegen, und Tine kommt heute nicht.«

»Ich kann auch einen Staubsauger bedienen, Hans.« Stella lachte ihn an. »Dann mal rein damit in die gute Stube.« Sie öffnete die Wohnzimmertür und machte eine einladende Geste. Hans trottete zum Eingang. Er hatte den Baum dort abgestellt. Beherzt griff er nach dem dicken Stamm und wuchtete die große Tanne durch die Diele. Stella hatte am Vortag den Tannenbaumfuß bereitgestellt. Mit angehaltenem Atem überwachte sie nun den Einzug des Baumes. Gekonnt platzierte Hans den Stamm in die Halterung.

»Ist noch 'n büschen schief, oder?« Hans beäugte kritisch sein Werk. Sie brachten nach mehreren Versuchen die Tanne in die richtige Position. Zufrieden und mit Tannennadeln übersät betrachteten sie ihr Werk.

»Mensch Deern, wenn das ma nich Teamwork war. Hast dich gut angestellt.« Stella war überrascht über das Lob und freute sich.

»Jo, haben wir gut gemacht«, kommentierte Stella glücklich. »Was Weihnachten alles bewirken kann.« Sie grinste Hans an und gab ihm einen Knuff. Hans hob die Hand, als ob er ihr die Wange streicheln wollte. Er besann sich jedoch und ließ sie wieder sinken. Verlegen sah er zu Boden.

»Wir haben uns ganz schön gekabbelt, was?« Er riskierte einen Blick in Stellas Augen. Hans wirkte plötzlich sehr zerbrechlich und sentimental. Aufmunternd lächelte Stella ihn an.

»Ach, Hans, tun wir das nicht schon, seit ich auf der Welt bin?« Er nickte fast unmerklich.

»Ich muss nu wieder an die Arbeit. Viel Spaß beim Rausputzten des Baumes.« Hans schlurfte hinaus, ohne Stella noch einmal anzusehen. Verwundert sah sie ihm nach. Sie fragte sich, woher die wundersame Wandlung dieses kauzigen Mannes kam. Sie vermutete, dass die Vorweihnachtszeit auch den stärksten Mann dazu brachte, seine weiche Seite zum Vorschein kommen zu lassen. Stella lächelte still vor sich hin und holte den Staubsauer.

Kurz darauf hatte sie den Kampf mit den widerspenstigen Nadeln gewonnen und wuchtete schweißgebadet die Heulmaschine in die Abstellkammer. Sie überlegte kurz, Michael anzurufen, entschied sich dann aber, ihn in der Praxis zu besuchen. Stella zog ihre Winterjacke an und schlüpfte in warme Stiefel. Sams Auto stand im Schuppen neben der Scheune, sie musste daher zum Glück keine Eisschicht von der Windschutzscheibe kratzen. Sie fuhr vom Hof in das acht Kilometer entfernte Poppenbüll. Stella hatte plötzlich Bedenken, ob es Michael recht war, dass sie ihn in der Praxis besuchte. Dem Gedanken an Umkehr leistete sie jedoch tapfer Widerstand. Vor der Tierarztpraxis in der Dorfstraße parkten nur wenige Autos. Stella stellte ihren roten Flitzer ab und stieg aus. Ein ehemaliger Bauernhof diente nun als Praxis. Die ausgedienten Stallungen beherbergten hin und wieder erkrankte Tiere, die eine engmaschige Betreuung benötigten. Michaels Vater hatte die Praxis aufgebaut, in der Hoffnung, dass Michael die Nachfolge antreten würde. Sicher war er froh gewesen, als sein Sohn die Entscheidung traf, das Lebenswerk der Krügers weiterzuführen.

Stella trat hinein und wurde von lautem Hundegebell begrüßt. Leica, Michaels Schäferhündin, bewachte den Wartebereich, sonst war niemand zu sehen. Alarmiert durch Leica steckte Michael seinen Kopf aus der Tür des Behandlungsraums hinaus. Als er Stella erblickte, strahlte er sie freudig an.

»Stella, das ist aber eine Überraschung. Ich bin gleich fertig, dann habe ich Zeit für eine Tasse Tee.« Er schloss die Tür wieder und Stella war allein im Wartezimmer. Es roch nach Desinfektionsmittel und Stall. Die Wände waren gespickt mit Tiermarktangeboten. Einige Vermisstenmeldungen von Lieblingen aller Art waren gesondert platziert und sprangen jedem Besucher direkt ins Auge.

Eine ältere Dame kam tränenüberströmt mit ihrem Hund im Arm aus dem Behandlungsraum.

»Danke, Herr Doktor. Ich könnte mir ein Leben ohne meinen Liebling nicht vorstellen.« Sie schluchzte.

»Keine Sorge, Frau Berg, er wird wieder ganz gesund. Kommen Sie bitte am Montag zu Kontrolle.« Michael gab ihr warmherzig die Hand zum Abschied. Dann ging er auf Stella zu.

»Hast du Probleme mit Stallone?« Besorgt sah er sie an. Stella lächelte.

»Nein, zum Glück nicht.« Mitleidig blickte sie der verzweifelten Frau Berg hinterher, als diese zur Tür hinausschlich. »Ich möchte dich einladen, die Feiertage mit uns gemeinsam zu verbringen. Oder hast du etwas Anderes vor?«

Michaels Gesichtszüge entspannten sich und zeigten ein strahlendes Lächeln.

»Vielen Dank, ich freue mich. Soll ich etwas mitbringen?«

»Nur dich. Für alles Weitere sorge ich.« Michael sah Stella bewundernd an. Seine Blicke gingen, wie schon so oft, direkt in ihr Herz.

Ein neuer Patient kam herein und die Teestunde musste verschoben werden. Stella verabschiedete sich schnell. Sie warf ihren Körper ins Auto und rieb die kalten Hände aneinander. Bevor sie den Motor startete, sah sie noch einmal zur Praxis hinüber. Sie dachte an die gemeinsame Schulzeit mit Michael. Von dem schüchternen Jungen war nichts mehr zu erkennen. Stella schüttelte ihren Kopf. *Kommt nicht in Frage.* Sie wollte keine neue Beziehung. Sie ließ das Auto vom Parkplatz rollen und fuhr nach Hause. Dort traf sie Sam in der Küche, der dampfenden Kaffee schlürfte.

»Wo hast du gesteckt? Ich habe gar nicht mitbekommen, dass du weggefahren bist.« Neugierig musterte er seine Schwester.

»Ich war bei Michael und habe ihn eingeladen, mit uns Weihnachten zu feiern. Stell dir vor, er hat zugesagt. Ich musste ihn nicht überreden. Hans hat den Baum …«

»Hab ich schon gesehen«, unterbrach er Stella. »Ist ja ein riesiges Ding. Da passt 'ne Menge Schmuck drauf. Ich fürchte, die Lichterkette wird nicht ausreichen.« Stella grinste.

»Das wiederum habe ich schon gesehen. Ich habe eine neue gekauft. Also haben wir zwei Lichterketten. Das wird genügen.« Zufrieden füllte sie einen Becher mit Kaffee und lümmelte sich zu Sam auf die Küchenbank. Nebeneinander hingen sie ihren Gedanken nach. Stella sah Sam an.

»Du … Sam …«

»Ja?«

»Ich bin sehr glücklich bei dir auf dem Hof. Danke, dass du mich hier wohnen lässt.« Erstaunt blickte Sam ihr in die Augen. Schalkhaft blinzelte er sie an.

»Ich wüsste nicht, dass ich eine andere Wahl hätte.« Ein

Grinsen verbreiterte sein glatt rasiertes Gesicht. Stella spielte Empörung und zog ihm die Ohren lang.

»Au, au, Erbarmen, Stella.« Lachend prosteten sie sich mit ihren Kaffeebechern zu. Stella sprang auf, um den Baum zu schmücken.

»Ich muss unseren Baum schmücken.«

»Heute schon?«, fragte Sam verwundert. »Heilig Abend ist doch erst übermorgen.«

»Ich weiß, Schlaumeier, aber ich habe wenig Zeit und möchte mir nicht den Stress machen, im letzten Moment zwischen Kochen und Pferdepflege auch noch den Baum schmücken zu müssen. Er stört doch nicht und so haben wir viel länger etwas davon. Du kannst mir ja helfen«, forderte sie ihren Bruder übermütig auf. Sam nickte, trank seinen Becher leer und stand auf. Er baute sich vor Stella auf.

»Was soll ich tun?« Stella kam aus dem Staunen über ihren Bruder nicht mehr heraus, ließ sich jedoch nicht zweimal bitten.

»Der Baumschmuck ist noch in meinem Auto, im Kofferraum. Wenn du ihn holen würdest?«

»Bin schon unterwegs.« Er salutierte albern und ging die gewünschten Sachen holen. Stella schüttelte lachend den Kopf. Sie überlegte, wann sie zuletzt zusammen einen Christbaum geschmückt hatten. Betroffen fiel ihr auf, dass das noch nie der Fall gewesen war.

»Nun, dann wird es wohl mal Zeit«, murmelte sie und ging ins Wohnzimmer. Dort wartete sie auf Sam. Kurz entschlossen ging sie noch einmal in die Küche, um eine Flasche Rotwein zu holen. Sie griff zwei Gläser und stellte alles auf den Esstisch. Gekonnt entkorkte sie die Flasche und schenkte die Gläser voll. Versonnen betrachtete sie den großen Baum. Kaum zu fassen, dass sie ihn am Morgen mit Hans aufgestellt hatte. Ohne Zankereien. Sam erschien mit den Einkaufstüten.

»Hast du den ganzen Laden leer gekauft? Wir haben doch noch Kugeln und so ’n Kram.«

»Genau … Kram … brauchen wir nicht. Ich möchte etwas Schönes. Schließlich wird es ein besonderes Fest. Nach all den Jahren, die wir getrennt gefeiert haben, soll der alte Kitsch gerne auf dem Dachboden bleiben«, bestimmte Stella nachdrücklich.

»Recht hast du, Stella.« Sam sah sie liebevoll an und begann sofort, die Verpackungen zu öffnen. Stella nahm die Weingläser vom Tisch und reichte ihrem Bruder eines.

»Lass uns erst einmal auf ein schönes Fest anstoßen.«

»Gute Idee, ich fürchte nur, du wirst betrunken sein, bevor der Baum fertig ist. Du verträgst doch keinen Alkohol«, schmunzelte Sam und stieß mit ihr an. Tatsächlich merkte Stella sofort, wie der Wein ihr zu Kopf stieg. Fahrig hantierte sie mit den kostbaren Kugeln. Eine fiel fast zu Boden.

»Habe ich es nicht gesagt? Sei bloß vorsichtig, sonst müssen wir noch fegen«, lachte Sam vergnügt. Stella visierte den Baum an und brachte gezielt die ersten glitzernden Weihnachtsboten an.

»Entschuldigung, habt ihr die Klingel nicht gehört, oder wolltet ihr mich in der Kälte stehen lassen?« Michael stand plötzlich mitten im Wohnzimmer. Die Geschwister fuhren vor Schreck zusammen.

»Michael, wo kommst du denn her?«, prusteten beide gleichzeitig.

Irritiert sah Michael in die vergnügte Runde.

»Ihr feiert schon kräftig, wie ich sehe.« Grinsend betrachtete er die leicht angetrunkene Stella.

Stella formte ihre Lippen zu einer spitzen Schnute.

»Wir machen Schmuckparty, willst du auch ein Glas Wein? Kannst meines haben. Ich glaube, ich vertrage ihn tatsächlich nicht.« Schwankend blieb sie vor Michael stehen, genehmigte sich noch einen Schluck und reichte ihm ihr Glas. Sie stand dicht vor ihm und berührte zufällig seine Hand. Sie zuckte erschrocken zurück, weil sie glaubte, ein Knistern zu spüren. Amüsiert sah Michael ihr in die Augen. Auch er schien sichtlich verwirrt und schluckte trocken. Nur einen Augenblick, dann war es vorbei. Sam hatte die beiden nicht aus den Augen gelassen. Zufrieden widmete er nun dem Weihnachtsbaum seine volle Aufmerksamkeit. Stella und Michael unterstützten ihn beflissen.

»Wirklich schön geworden.« Sam räumte die Schachteln zusammen und verstaute sie im Dielenschrank. Eingehakt standen die drei nun vor ihrem Werk und bekamen leuchtende Augen.

»Wie früher«, murmelte Michael verträumt.

»Viel schöner«, meinten die Geschwister unisono. Stella nahm noch einen Schluck Wein aus Michaels Glas. Sie presste ihre prickelnden Lippen aufeinander und stellte das Glas entschlossen zurück auf den Tisch.

»Jungs, wir sind fertig, ich schlage einen Spaziergang zum Leuchtturm vor. Eine Nachtwanderung würde den Abend vollenden.« Aufmunternd sah sie die beiden müden Helden an. »Was ist? Schwächelt ihr schon?«

»Ich muss morgen früh raus.« Sam wollte kneifen. »Außerdem ist es stockduster.«

»Dummerchen, der Leuchtturm weist uns den Weg.« Stella war wild entschlossen.

»Ich habe auch einen langen Tag vor mir, aber, wenn du darauf bestehst …« Unsicher kratzte Michael seinen Dreitagebart.

»Ich kann auch nicht ausschlafen. Das können wir noch früh genug, wenn wir im Rentenalter sind.« Stella knuffte ihre Männer. »Alle zusammen, wie früher.«

»Es sind schon fünf Kilometer bis zum Deich, wir werden erst in den Morgenstunden zurück sein«, gab Sam zu bedenken.

»Ich weiß, Bruderherz, dann bist du rechtzeitig zum Melken zurück.« Stella lachte übermütig. Ihr gelang es tatsächlich, die Unentschlossenen dazu zu bewegen, dieses Abenteuer einzugehen.

Sie zogen warme Jacken an, dicke Stiefel und Handschuhe. Kichernd gingen sie über den Hof und sahen ihrem Ziel entgegen. Ausgelassen plauderten sie über ihre Jugend. Jeder hatte eine Geschichte parat, über die alle herzlich lachten. Sam hatte zur Stärkung eine Flasche Wein mitgenommen. Sie mussten jedoch feststellen, dass ein Glühwein besser zur winterlichen Temperatur gepasst hätte. Sie bemerkten kaum, wie schnell sie den Deich erreicht hatten. Ihr munteres Erzählen ließ den Weg dorthin sehr kurz erscheinen.

»Ist er nicht traumhaft schön, unser Westerhever Leuchtturm?« Stella war auf der Deichkrone stehen geblieben und blickte über die in der Dunkelheit liegenden Salzwiesen zum Wahrzeichen Westerhevers. Ihr rot verfrorenes Gesicht strahlte. Beschwingt gingen sie weiter. Leider mussten sie feststellen, dass auf der anderen Seite des Deiches der Wind noch kräftiger durch ihre Winterjacken blies. Die Minustemperaturen trugen auch nicht zu ihrem Wohlbefinden bei. Die drei waren einstimmig dafür, den Rückzug anzutreten. Mit Stella in der Mitte gingen sie bei einander eingehakt die dunkle Straße zurück. Stella stimmte ein altes Kinderlied an, um den Gleichschritt zu erleichtern.

Ein Hut, ein Stock, ein Re-genschirm ... Sam und Michael ließen es sich nicht nehmen, einzustimmen ... *und vorwärts, rückwärts, seitwärts ... ran.* Sie lachten vergnügt und setzten ihr Spiel fort, bis sie den Hof erreichten. Als sie das warme Haus betraten, überfiel sie eine bleierne Müdigkeit. Ihre Gesichter glühten, durch die plötzliche Wärme begannen ihre Hände zu kribbeln. Unschlüssig sah Stella Michael an.

»Willst du wirklich noch nach Hause fahren? Du kannst gerne auf dem Sofa schlafen.« Michael überlegte kurz. Es schien, als verspüre er keine Lust, in sein einsames Haus zurückzukehren. Er könnte am frühen Morgen in die Praxis fahren. So würde der gemeinsame Abend langsam ausklingen und der neue Tag mit einem guten Gefühl starten. Verhalten nickte er zustimmend. Stella bemerkte sein Zögern. Belustigt sah sie ihn an. Hatte er Probleme damit, in ihrer Nähe zu übernachten?

»Um ehrlich zu sein, ich würde mich darüber freuen.« Verlegen sah Michael die Geschwister an.

»Prima, ich hole dir eine Decke. Sam hat sicherlich ein T-Shirt für dich, damit du nicht in deinen Klamotten schlafen musst. Sie strahlte ihn an und besorgte Michaels Nachtlager.

»Ich verzieh mich in meine Kiste«, verkündete Sam und verschwand in sein Schlafzimmer. Stella hatte das Bettzeug auf dem Sofa hergerichtet. Nun war auch sie unendlich müde und froh, nun auch ins Bett gehen zu können. Ihr untrainierter Körper rebellierte spürbar.

»Schlaf gut, Michael …« Sie stand dicht vor ihm, dabei streifte sie sein Atem. Sanft berührte er ihre Schulter, wobei sie wohlige Schauer leicht zittern ließen. Schnell gab sie ihm einen Kuss auf die Wange und huschte eilig aus dem Wohnzimmer, um ebenfalls ins Bett zu gehen.

»Gute Nacht, Stella, vielen Dank für den schönen Abend.« Michael flüsterte die Worte nur. Aber Stella hatte sie grinsend vernommen.

Am nächsten Morgen robbte Stella mit steifen Gliedern aus ihrem Bett. Der Fußmarsch hatte seine Spuren hinterlassen. Unsicher schlich sie ins Bad. Nach einer heißen Dusche ging es ihr besser. Vorsichtig riskierte sie einen Blick in das Wohnzimmer. Michael war schon nach Hause gefahren. Sie ging zum Sofa und starrte auf die zerwühlte Bettwäsche. Er hatte dem Anschein nach einen unruhigen Schlaf gehabt. Die Bettwäsche lag zerknittert vor ihr. Stella griff das Kopfkissen und umschloss es mit ihren Armen. Vorsichtig steckte sie ihre Stupsnase hinein, um den Geruch einzuatmen. Als ob sie sich verbrannt hatte, warf sie das Kissen wieder zurück auf das Sofa.

»Was soll das, Stella Engel, du fandst ihn früher schon langweilig. Nur, weil deine Figur aus dem Ruder gelaufen ist, wird er nicht interessanter«, schimpfte sie leise. Ihren Körper wollte sie niemandem mehr zeigen. Holgers Worte hallten in ihren Ohren. *»Sieh dich doch mal an …«*

Vielleicht hatte er sogar recht damit. Stella wollte nie mehr so verletzt werden. Eilig ging sie in die Küche, um einen Kaffee zu kochen.

Feiertage

An Heiligabend stand Stella schon früh in der Küche. Sie putzte Gemüse, bereitete die Steaks vor und kümmerte sich liebevoll um das Dessert. Zwischendurch verwöhnte sie Latina und Stallone mit Hafer. Sie konnte es sogar zulassen, dass Weihnachtsmusik aus den Lautsprechern dudelte. Stella freute sich auf die Feier am Abend und auf die folgenden Festtage. Auf ihrer Oberlippe glitzerten Schweißperlen. Sie hatte lange nicht mehr so viel Freude beim Kochen empfunden. Im Wohnzimmer war der Tisch bereits festlich gedeckt.

Michael kam am frühen Nachmittag mit einer Kiste Wein unter dem Arm.

»Ein kleiner Beitrag von mir.« Er grinste Stella an.

»Unter klein verstehe ich etwas Anderes, glaube nur nicht, dass du mich abfüllen kannst. Ich möchte diesen Abend nicht verschlafen.« Stella lachte vergnügt. »Im Abstellraum ist ein Weinkühlschrank, wenn du willst, kannst du deine Vorräte dort parken.«

»Wird gemacht …« Michael verschwand in die Abstellkammer. Als er zurückkam, hatte er einen Blumenstrauß für Stella in der Hand.

»Vielen Dank für die Einladung, Stella.

»Die sind aber schön, vielen Dank.« Ein verlegenes Schweigen auf beiden Seiten entstand. Stella räusperte sich.

»Darf ich dir etwas anbieten?«, fragte sie, während sie die Blumen ins Wasser stellte. »Kaffee ist fertig und Kuchen ist auch da.«

»Wie wäre es mit einem Gang zum Leuchtturm?« Herausfordernd grinste Michael Stella an.

Stella sah in der Küche umher, um zu prüfen, ob sie alles vorbereitet hatte.

»Ich weiß nicht, Michael, ich fürchte, ich bekomme Stress, wenn ich mir noch einen Ausflug gönne.«

»Gönnen ist der richtige Ausdruck. Stress machen wir nicht. Du hast sicher eine Auszeit verdient. Wir nehmen Sam mit, dann hast du einen Aufpasser.« Er blickte sich lachend und suchend nach seinem Freund um.

»Sam ist noch im Stall, mit Hans. Sie wollten heute rechtzeitig fertig werden. Ich glaube nicht, dass er schon Zeit hat«, gab Stella zu bedenken. »Aber wir versuchen es mal.« In dem Moment erschien Sam in der Küche.

»Was wollt ihr versuchen? Kann ich euch helfen?«

»Kannst du …«, lachte Stella. »Leuchtturm?«

»Ihr seid ja verrückt, habt ihr schon mal einen Blick auf das Außenthermometer geworfen? Bei acht Grad minus ist das kein Vergnügen mehr. Der Wind wird auch immer stärker.« Verständnislos blickte er von Stella zu Michael.

»Wir fahren mit dem Auto zum Deich und genehmigen uns die Salzwiesen im Eis.« Stellas Idee wurde angenommen. Zwar schüttelte Sam den Kopf, aber er war trotzdem bereit, den Ausflug mitzumachen.

»Großartig«, strahlte Stella. Sie benötigte die Bewegung im Wind dringend. Stella war bezüglich des Geschenkes, welches sie für Sam besorgt hatte, sehr aufgeregt. Er würde ausflippen, dessen war sie sich sicher. Ein langgehegter Traum sollte für ihn endlich in Erfüllung gehen. Sie schluckte den Kloß im Hals hinunter und zog ihre Jacke an. Sam hatte noch nie an sich gedacht, der Hof war immer wichtiger gewesen. Stella wollte das nun ändern.

»Seid ihr so weit?« Michael drängelte zum Aufbruch. Sie fuhren mit dem SUV zum Deich. Tatsächlich wehte ein steifer Wind von der See her. Schon bald gelangten die drei an ihre Grenzen. Das Meer beanspruchte die Salzwiesen für sich. Ohne nasse Füße zu bekommen war eine Wanderung zum begehrten Ziel wieder einmal nicht möglich.

»Jetzt wohne ich schon eine ganze Weile wieder hier, aber zum Leuchtturm hat es noch nicht gereicht«, jammerte Stella beleidigt gegen den Wind.

»Wir lassen dich ja auch nicht wieder nach Hessen, so bekommst du deine Chance ganz sicher noch«, schmunzelte Sam. Auf seinen Augenbrauen waren schon leichte Eissterne zu erkennen. Niemand hatte etwas gegen einen Rückzug in die warme Stube einzuwenden.

Hans erweiterte die Gruppe am frühen Abend. Zur Überraschung aller verhielt er sich lammfromm. Er half Stella sogar beim Abräumen des Geschirrs. Etwas befremdet nahm Stella seine Hilfe an. Unbeholfen stapelte Hans die Teller auf dem Küchentresen, damit Stella sie in die Spülmaschine geben konnte.

»War gut … das Essen, meine ich …« Stella lachte.

»Ja, Hans, mir sieht man das auch an, dass ich mit dem Kochlöffel umgehen kann.«

»Och, nu sei ma nich so streng mit dir. Hast dich eben gut entwickelt.« Verstohlen sah Hans sie an.

»Mach, dass du reinkommst. Gleich ist Bescherung.« Hans zog eine Augenbraue hoch.

»Wir schenken uns doch nichts. Mach keinen Schei…«

Stella scheuchte ihn aus der Küche. Sie sah ihm kopfschüttelnd nach. Stella hatte für jeden eine Kleinigkeit. Sie fühlte sich wie ein kleiner Weihnachtsmann. Sie stellte die Spülmaschine an und begab sich zu den Anderen ins Wohnzimmer. Sam und Michael hielten ein Glas Whisky in den Händen und erwarteten Stella.

»Wie wäre es mit einer Nachtwanderung?«, schlug Sam vor.

»Heute mache ich das nicht noch einmal mit«, protestierte Stella lachend. Überrascht beobachteten die Männer, wie Stella kleine Geschenke unter dem Baum platzierte. Sam fand als Erster Worte.

»Hatten wir nicht etwas abgemacht?«

»Ich weiß, aber ich hatte so einen Spaß daran. Ich hoffe, ihr seid mir nicht böse?« Schuldbewusst blickte sie in die Runde. Mit einem Lächeln auf den Lippen zeigte sie jedem sein Geschenk.

»Sam, für dich ist nur eine Winzigkeit da.«

»Das will ich dir auch geraten haben«, drohte er spielerisch. Stella wurde zunehmend nervöser. Sie freute sich so sehr, Sam einen langgehegten Wunsch erfüllen zu können. Umständlich öffnete Sam den Umschlag Millimeter für Millimeter. Er saß auf dem Sessel. Langsam zog er den Inhalt heraus. Sam wurde blass. Er ließ die Unterlagen sinken. Seine Unterlippe zitterte.

»Stella ... bist du ... wahnsinnig? Ich kann das nicht annehmen.«

»Dass das alles sein soll?«, scherzte Stella und grinste. Ihr Bruder hatte seit seiner frühesten Jugend von Kanada geträumt. Er wollte mit den Pferden den Indian Summer erleben, die Freiheit spüren, nicht auf die Zeit achten müssen. Stella hatte ihm nun diesen Traum gebucht. »Im September geht es los. Verstärkung für den Hof habe ich auch schon geordert. Du hast keinen Grund, das Geschenk abzulehnen. Außerdem ist es schon bezahlt.« Tränen der Rührung standen ihr in den Augen. Ihr Bruder freute sich, auch wenn er es offenbar noch nicht richtig glauben konnte. Sam hockte noch immer regungslos mit den Buchungspapieren in den Händen da und starrte Stella fassungslos an.

»Woher weiß du ...?«, flüsterte er ergriffen. Stella lachte glücklich.

»Als kleiner Junge und Heranwachsender hast du von nichts anderem gesprochen, Bruderherz.«

»Du weißt das noch?« Er sah Stella mit feuchten Augen an.

»Was dachtest du denn? Ich sehe dich noch vor mir, wie du mit leuchtenden Augen von Kanada gesprochen hast und sehr viel darüber gelesen hast. Obwohl dir Lesen verhasst war.«

Wie betäubt stand Sam auf und nahm Stella wortlos in die Arme. Hans und Michael beobachteten die Szene gerührt.

»Danke, Stella«, flüstere Sam mit rauer Stimme.

Stella war überglücklich. Die Überraschung war eindeutig gelungen. Für Michael hatte sie einen Schlüsselanhänger aus Silber und Hans durfte sich über ein neues Arbeitshemd freuen. Sie wusste nicht viel von Hans, aber dass seine Stallkleidung einer Erneuerung bedurfte, konnte jeder sehen. Sam hatte ebenfalls die Abmachung, dass keine Geschenke unter dem Baum liegen sollten, ignoriert und für seine Schwester ein Parfüm von Hugo Boss hinter den Sofakissen versteckt. Bis spät nach Mitternacht saßen alle zusammen. Sie lachten und plauderten vertraut miteinander. Auch Hans schien den Abend zu genießen. Trotzdem ging er als Erster ins Bett, nicht ohne verschämt »Danke für den schönen Abend« zu sagen.

»Um neun Uhr gibt es Frühstück«, verkündete Stella fröhlich und gab ihrem Widersacher Hans die Hand. Sie wünschte eine gute Nacht. Sam sah seinem Gehilfen erstaunt nach.

»Der war ja heute Abend sehr geschmeidig. So habe ich ihn in Stellas Gegenwart noch nie erlebt. Bleibt zu hoffen, dass es so bleibt.« Stella gluckste.

»Kann ich mir kaum vorstellen, ich würde auch etwas vermissen.«

Die drei Freunde lachten und gönnten sich noch einen Absacker. Dann gingen sie ebenfalls schlafen. Michael nahm wieder das Sofa in Beschlag. Er hatte zu viel getrunken, um noch nach Hause fahren zu können. Verstohlen warf Stella noch einen Blick ins Wohnzimmer zurück, bevor sie die Tür hinter sich zuzog. Eine Nachtwanderung schlug niemand mehr vor.

Den Rest der Feiertage verbrachten Stella und Sam ruhig und entspannt. Nur die Tiere wurden regelmäßig versorgt. Die Geschwister hatten Zeit, über vergangene Zeiten zu plaudern. Nachdenkliches und Lustiges gab es auszutauschen. Die Briefe ihrer Mutter erwähnte Stella jedoch mit keiner Silbe. An den Abenden kamen Hans und Michael vorbei. Stella hatte sie zum Essen eingeladen, welches sie ohne Mühe zauberte und mit dem sie ihre Gäste wie immer begeisterte.

Die anschließenden Spaziergänge zum Leuchtturm taten ihnen gut, und danach plauderten sie gemütlich am Kaminfeuer.

Zukunftspläne

Im Januar lernte Stella Haukes Oma Gertrud kennen. Die beiden Frauen waren sich auf Anhieb sympathisch gewesen und wurden schnell handelseinig. Gertrud war eine liebenswürdige alte Dame. Sie informierte Stella bereitwillig über die Einnahmen des Cafés und erklärte ihr, wie die Buchführung zu erfolgen hatte, damit später keine Probleme mit dem Finanzamt auftreten würden. Stella lief der Schweiß hinunter. Würde sie dieser Aufgabe gewachsen sein? Gertrud beruhigte sie.

»Das sieht nur am Anfang so kompliziert aus, ich helfe dir gerne dabei, mach dir keine Sorgen, Deern.«

»Ich habe schon ein bisschen Angst«, gestand Stella mit Zittern in der Stimme.

»Brauchst du nicht, selbst ich habe es gelernt, dann bekommst du es erst recht hin.« Gertrud lächelte Stella aufmunternd an. Die Frauen wurden sich schließlich einig. Stella würde zum Beginn der Frühjahrssaison im März das Café übernehmen. Solange würde Hauke die Geschäftsführung leiten, zusammen mit einer Angestellten, die später auch Stella unterstützten sollte.

Das hübsche Café direkt in St. Peter-Dorf hatte Stella sofort begeistert. Auf der sonnigen Terrasse standen den Gästen gemütliche Strandkörbe zur Verfügung. Der Gastraum im Erdgeschoss war mit antiken Möbeln eingerichtet. Ein moderner Tresen bildete einen Kontrast zu der übrigen Einrichtung, jedoch auf ansprechende Weise. Gertrud hatte ihr Café stets auf dem modernsten Stand gehalten. Ein Arbeitsbereich, der keine Wünsche offenließ. Stella hatte die Erlaubnis, einen neuen Namen für das Café zu suchen. Die Ideen gingen ihr dabei nicht aus. Ständig erfand sie neue klangvolle Namen und verwarf sie regelmäßig wieder. Sie knüpfte erfolgsversprechende Kontakte mit Lieferanten und Brauereien. Stellas Vorfreude auf ihr zukünftiges Projekt war ungebremst euphorisch.

Inzwischen hatte sie auch regelmäßigen Telefonkontakt mit der kleinen Danny und ihrer Mutter. Die beiden planten in den Osterferien einen Besuch auf dem Clausen-Hof. Stella hatte zu bedenken gegeben, dass sie Ostern nicht viel Zeit haben würde, da St. Peter-Ording zu dieser Zeit aus allen Nähten platzen würde. Dannys Mutter Luise bot sofort ihre Hilfe für diese Zeit an. Stella schlug sie nicht aus. Sam hatte sogar das alte Elternschlafzimmer entrümpelt und mit neuen frischen Möbeln schön eingerichtet, damit es in Zukunft als Gästezimmer zur Verfügung stehen konnte. Stella hatte ohnehin nie verstanden, warum er dieses Zimmer seit zehn Jahren unberührt gelassen hatte. Der Clausen-Hof wurde stetig jünger, frischer und gastfreundlicher. Nichts erinnerte mehr an ihre Vorfahren, die ihre ganz eigene Geschichte in diesen Mauern erlebt hatten. Stella beschloss, diese auf dem Dachboden des Hauses zu belassen. Sie fühlte sich wohl in ihrer Haut. Die Vergangenheit interessierte sie nicht mehr. Die Geheimisse ihrer Mutter behielt sie bewusst für sich.

Holger hatte ihrem Konto eine stattliche Summe Geld zukommen lassen. Damit konnte sie Sam zu einem neuen Anbau an den Stallungen verhelfen. Der Bau würde im Frühling beginnen und dem Hof eine noch blühendere Zukunft bescheren. Sam hatte den Wunsch, eine Alpakazucht aufzubauen. Diese genügsamen Tiere würden also bald den Hof mit ihrem kostbaren Fell bereichern.

Ihr Exmann meldete sich nicht mehr bei Stella, bis zu dem Tag Ende Januar. Ahnungslos folgte sie dem Klingeln ihres

Handys, um ein Gespräch anzunehmen. Fröhlich trällerte Stella ihren Namen und wartete auf eine Antwort. Wie erstarrt vergaß sie, weiter zu atmen, als die Stimme von Holger in ihr Ohr drang.

»Guten Tag, Stella.« Holger brummte die Grußworte ungehalten.

»Moin.« Um Zeit zu gewinnen, lauschte sie in den Hörer, ohne etwas Weiteres zu sagen.

»Wann gedenkst du, mir das Wohnmobil zurückzubringen? Ich glaube, du hättest inzwischen genug Zeit gehabt, um es unbeschadet zurückzubringen.« Er klang wie immer kühl und selbstsicher.

»Entschuldige, Holger, ich wollte den Winter abwarten, aber wenn du darauf bestehst, bringe ich es dir zurück. Brauchst du das Wohnmobil denn zwingend?«

»Ja«, lautete die knappe Antwort. »Übermorgen kannst du vorbeikommen. Ich erwarte dich.« Ein leises Klicken deutete Stella an, dass Holger die Leitung ohne einen weiteren Gruß verlassen hatte.

»Mistkerl, dieser blöde Mistkerl.« Laut schimpfend ging sie im Haus auf und ab. Hans, der auf dem Weg in die Küche war, blieb verdutzt stehen und betrachtete sie durch geschlitzte Augen. Misstrauisch kam er näher.

»Meinst du mich? Ich dachte, wir hätten unsere Zankereien inzwischen behoben, Engelchen.« Stella erntete einen spöttischen Blick.

»Bilde dir nichts ein, Hans, so wichtig bist du nun auch wieder nicht.« Sie grinste ihn an und gab ihm einen Knuff. Hans war sichtlich erleichtert, nicht der Grund für Stellas Wutausbruch gewesen zu sein. Die beiden hielten nach wie vor einen flapsigen Ton aufrecht, zollten einander aber den Respekt, den jeder von ihnen verdiente.

»Holger will das Wohnmobil zurück, ich soll es ihm übermorgen bringen.«

»Der Wetterbericht hat Neuschnee angesagt. Kannst du nicht bis zum Frühjahr warten?« Verständnislos schüttelte er seinen greisen Kopf.

»Habe den Vorschlag auch gemacht. Ohne Erfolg. Ich muss wohl oder übel die Fahrt antreten.« Hans berührte ihren Arm.

»Soll ich mitkommen, Deern?« Stella schnappte nach Luft, er hatte sie noch nie angefasst und schon gar nicht Deern genannt. Sie stotterte und rang nach Worten.

»Nein danke, ich schaffe das schon. Vielleicht kommt Hauke mit, der muss sicher wieder in Calden einiges erledigen.«

Wies Hans Gesicht etwa eine Spur von Enttäuschung auf?

Am frühen Morgen startete Stella ihr Vorhaben, nach Calden zu fahren. Der Wetterdienst schien nicht recht zu behalten. Klarer Frost und ein Vollmond wiesen ihr den Weg. Hauke hatte keine Zeit, sie zu begleiten. Er renovierte die Wohnung seiner Oma.

Stella verspürte überhaupt keine Lust, die lange Fahrt auf sich zu nehmen, tröstete sich aber damit, dass dies ein weiterer Aufbruch zu neuen Ufern werden würde. Nach dieser Reise würde ihre alte Heimat für immer Vergangenheit sein.

Am Nachmittag rollte das Wohnmobil die ihr bekannte Siedlerstraße entlang. Stella hielt das Lenkrad fest umschlungen. In der Magengegend rumorte es gewaltig. Es fiel ihr schwer, diese vertraute Straße zu passieren. Sie war auf diese Gefühle nicht vorbereitet gewesen.

»Ich werde nicht heulen, ich werde nicht heulen«, sagte sie sich als Mantra zur Beruhigung auf. Es gelang ihr nur schwer, ruhiger zu werden, aber immerhin, es funktionierte ein wenig. Zumindest versuchte sie, den Anschein zu wahren. Ruhig und gelassen wirkend parkte sie in der Einfahrt ihres ehemaligen Heims. Mit zittrigen Fingern drehte Stella den Zündschlüssel um, zog ihn ab und schwang die Beine aus dem Wohnmobil. Der Boden wackelte ein wenig und ihre Knie drohten den Dienst zu versagen, doch dann stand Stella aufrecht vor der Haustür und betätigte den Klingelknopf. Langsame, klackernde Schritte waren zu hören. Seit wann trug Holger solche Schuhe? Die Tür wurde geöffnet und Doros Wuschelkopf kam zum Vorschein. Scheinheilig lächelnd begrüßte sie Stella.

»Stella, willst du noch hereinkommen? Holger musste weg, aber du kannst mir den Schlüssel anvertrauen.« Ein kehliges Lachen verließ ihren Putenhals. Stella blieb ruhig.

»Bist du seine Neue? Oder die Haushaltshilfe?«, fügte Stella rasch hinzu.

Sichtlich verwirrt hielt Doro mit Stella Augenkontakt.

»Wie kommst du auf so was, ich bin doch keine Haushaltshilfe. Ich wohne hier. Wusstest du das nicht?«

»Doch«, log Stella. »Aber ist das nicht dasselbe?« Schief grinsend forderte sie ihre Autoschlüssel ein. Sie hoffte, ihre Fassung nicht doch noch zu verlieren. Sie, Stella, würde hier als Gewinnerin den Platz verlassen. Doro zog die Autoschlüssel aus ihrer Hosentasche, steckte den Ring des Schlüsselbundes an ihren lackierten Zeigefinger und hielt ihn Stella unter die Nase.

Die von Doros Hose erwärmten Schlüssel brannten in Stellas Hand. Fast verspürte sie Ekel.

»Danke, Doro. Grüße an Holger. Ich muss die Heimfahrt antreten. Ach, Doro? Hast zu etwas zugelegt? Die Weihnachtstage hatten es in sich, was? Pass bloß auf dich auf.« Diese Spitze musste Stella unbedingt noch loswerden.

Ihr Auto erwartete sie in der Garage und ließ sie nicht im Stich. Der Motor startete durch. Stella rollte aus der Garage hinaus und von der Auffahrt herunter. Sie überlegte, ob es sinnvoll wäre, eine Nacht im Hotel zu verbringen, entschloss sich jedoch für die Weiterfahrt Richtung Norden.

Stella war schockiert. Doro und Holger. Sie hatte nie etwas

bemerkt. Sie dachte an das letzte Frühstück mit ihrer Nachbarin zurück. Scheinheilig war Doro schon immer gewesen, aber diese Dreistigkeit übertraf alles.

Stellas gewonnenes Selbstvertrauen der vergangenen Wochen drohte zu schwinden. Traurig setzte sie ohne Pause ihren Weg fort. Sie hoffte, in Westerhever wieder Boden unter die Füße zu bekommen.

Stella strich mit der Hand über ihren Bauch. Bevor sie die Fahrt nach Calden angetreten hatte, war sie in einer kleinen Boutique in Husum gewesen. Sie wollte ihrem Mann stilvoll begegnen. Die freundliche Verkäuferin hatte sich nach Stellas Konfektionsgröße erkundigt.

»Ich denke, Größe 46 muss es schon sein«, hatte sie peinlich berührt geantwortet.

Sie wurde skeptisch von der netten Verkäuferin taxiert.

»Das glaube ich nicht, ich denke, wir versuchen es mal mit einer Nummer kleiner.«

Stella hatte große Augen bekommen. Unmöglich. Da passte sie seit Jahren nicht mehr hinein. Sie stieg in die neue Hose und staunte nicht schlecht. Sie ließ sich tatsächlich schließen. Stella hatte fassungslos ihr Spiegelbild betrachtet. Eine passende Bluse war schnell gefunden. Erfreut über ihre neue Figur wählte sie zusätzlich eine rote Lederjacke. Die Farbe harmonierte mit dem Rest des neuen Outfits. Stella war überwältigt gewesen. Sie hatte es in den letzten Wochen nicht mitbekommen, dass ihr Körper, dieses Mal positiv, aus dem Ruder gelaufen war. Überglücklich war sie nach Hause gefahren.

Als sie die Fahrt nach Calden antreten wollte, präsentierte sie Sam ihr neues Aussehen.

»Donnerwetter, Stella, du siehst wunderschön aus.«

»Danke, mein lieber Bruder«, lachte sie glücklich. »Ich glaube, du bist voreingenommen. Schließlich bin ich deine Schwester.« Stella war es nicht mehr gewohnt, Komplimente über ihr Aussehen zu erhalten. Es hatte sich unendliche gut angefühlt.

Ohne eine Pause einzulegen, fuhr Stella nun in Richtung ihres neuen Zuhauses. Sie wusste, dass die vierhundertsechzig Kilometer, die noch vor ihr lagen, anstrengend werden würden, doch sie war nicht müde. Stella freute sich auf Stallone. Er fand immer mehr Gefallen an den täglichen Spaziergängen zur Hofkoppel. Inzwischen folgte er ihr ohne Führleine. Diese kleinen Ausflüge waren das Highlight des Tages. Sie wollte diese Auszeit mit ihm in jedem Fall beibehalten, auch wenn sie das Café übernahm.

Stella hatte den Elbtunnel durchquert, bald würde sie zu Hause ankommen. Ein warmes Gefühl durchströmte sie bei dem Gedanken. Ja, Westerhever war ihre Heimat, sie spürte es immer deutlicher.

Auf dem Hof war bei Stellas Ankunft alles hell erleuchtet. Die Halogenstrahler leuchteten bis zur Hofkoppel. Stella wusste sofort, dass etwas nicht stimmte. Schleunigst verließ sie ihr Auto, um Sam zu suchen. Ihre Glieder schmerzten von der langen Autofahrt. Von einer bösen Vorahnung erfasst, begann sie zu laufen. Sie hörte aufgebrachte Stimmen, konnte jedoch niemanden sehen. Stella lief um das Stallgebäude herum, dort vermutete sie, ihren Bruder zu finden.

Sie fand eine kleine Gruppe vor. Tine, Sam und zwei Männer aus der Nachbarschaft. Sie umringten eine am Boden liegende Person. Stellas Herz überschlug sich fast. Was war nur passiert? Sie erkannte die abgenutzten Stiefel von Hans Petersen.

»Da ist nichts mehr zu machen, die Rettung kommt nicht rechtzeitig«, verkündete einer der Nachbarn mit gesenkter Stimme. Stella schob die umstehenden mit aller Kraft zur Seite und sah einen bewusstlosen Hans. Vorwurfsvoll starrte sie die Anderen an, die dem Anschein nach nicht in der Lage waren, Erste Hilfe zu leisten.

»Was steht ihr hier so rum? Warum tut ihr nichts?« Sie kniete sich neben Hans und schüttelte ihn. Ohne zu überlegen begann sie mit einer Herzdruckmassage. Sie versuchte verzweifelt Mund-zu-Mund-Beatmung. Der leblose Körper bäumte sich unter den vergeblichen Versuchen auf. Sobald Stella die Position wechselte, blieb er wieder regungslos liegen. Sie begann zu schreien.

»Hans! Komm zurück zu mir!« Mit zittrigen Fingern tastete sie nach dem Puls. »Da ist noch ein Puls! Wann kommt denn der Rettungswagen? Warum brauchen die so lange?« Stella hielt inne. Hans schob seine Hand in ihre, drückte sie kraftlos und sah ihr direkt in die Augen. Er streifte sie mit einem schimmernden, liebevollen Blick. Schwach deutete er ihr an, näher zu kommen. Sie beugte ihren Kopf zu ihm herunter und streichelte sein schütteres Haar.

»Mien Deern, ich bin unendlich stolz auf dich. Pass auf dich auf. Ich liebe dich.« Hans Petersen schloss für immer die Augen. Stella spürte einen Ruck. Ein Band, von dem sie gar nicht wusste, dass es vorhanden gewesen war, zerriss für immer. Kurz erstarrte sie, dann brach Stella Engel schluchzend über ihrem Vater zusammen. Sie weinte und schrie den Namen des Verstorbenen. Sams Versuche, Stella aufzurichten, scheiterten kläglich. Die Umstehenden hatten keine Ahnung, warum Stella plötzlich so untröstlich war. Alle wussten von den Zankereien der beiden.

Der Rettungswagen kam hörbar näher. Mit einem scharfen Bremsmanöver blieb er neben der Gruppe stehen, der Notarzt sprang heraus. Er sah sofort den schlechten Zustand Stellas. Mit geübten Handgriffen stellte er den Tod von Hans fest und widmete anschließend Stella seine besorgte Aufmerksamkeit. Eilig zog er eine Spritze auf und verabreichte sie der verzweifelten Stella.

Sam hockte neben ihr und sah sie sorgenvoll an. Leise sprach er tröstende Worte, die jedoch an Stella abprallten.

Michael kam vorgefahren. Er kam, um die Schafe zu impfen. Er erfasste die Situation offenbar sofort, denn er lief eilig zu der verzweifelten Gruppe. Michael suchte den Augenkontakt mit Sam. Dieser schüttelte traurig den Kopf. Sam war untröstlich über den Verlust seines Mitarbeiters, den er von Kindesbeinen an stets an seiner Seite hatte. Zu allem Überfluss legte die Hündin Amica ihren Wuschelkörper direkt neben Hans und bettete ihren Fang auf dessen Brust. Nun wurde es für Sam unerträglich. Er weinte hemmungslos.

Michael kannte Sam gut, er würde von alleine wieder ruhiger werden. Michael überließ ihn seiner Trauer und bemühte sich um Stella.

»Sternchen, schau mich an. Ich möchte dich ins Haus bringen. Ist das in Ordnung für dich?« Stella sah ihn an, Michael erschien ihr fremd. Dennoch nickte sie und ließ zu, dass er ihr beim Aufstehen half. Vorsichtig, als ob er befürchtete, sie zu zerbrechen, nahm er sie in die Arme. Stella versank dankbar darin. Sie verbarg ihr Gesicht an Michaels Schulter.

»Scheiße … Scheiße …«, stammelte sie. Stella drohte einen weiteren Zusammenbruch zu erleiden, doch Michael sprach immer wieder beruhigende Worte in ihr Ohr. Er streichelte Stella unentwegt. Dann führte er sie ins Haus, Schritt für Schritt. Tine lief eilig voraus und raunte Michael zu, dass sie einen Tee kochen würde.

All die Schicksalsschläge, die Stella erlebt hatte, zehrten an ihr. Ihre Seele rebellierte und suchte vergeblich nach Halt. Michael legte sie ins Bett und wich nicht mehr von ihrer Seite. Er wusste nichts von der Verbindung, die sie mit dem verstorbenen Hans gehabt hatte. Michael verharrte dennoch auf der Bettkante, um ihr in der Not beizustehen. Einige Stunden später, als sein Rücken zu schmerzen begann, legte er sich neben Stella, ohne ihre Hand loszulassen.

Kampfhähne

Die Trauerfeier für Hans Petersen erfolgte im Schneesturm. Der Winter überfiel die norddeutsche Küste noch einmal mit voller Wucht. Passend zur Stimmung hing eine graue Wolkendecke tief über den Feldern, die Hans jahrelang an der Seite der Familie Clausen bewirtschaftet hatte.

Mach in mir deinem Geiste Raum,
dass ich dir werd ein guter Baum,
und lass mich Wurzel treiben
Verleihe, dass zu deinem Ruhm
ich deines Gartens schöne Blum
und Pflanze möge bleiben.

Erwähle mich zum Paradeis
und lass mich bis zur letzten Reis
an Leib und Seele grünen:
So will ich dir und deiner Ehr
allein, und sonsten keinem mehr,
hier und dort ewig dienen.

Die Kirche war bis zum letzten Platz besetzt. Hans war ein Einzelgänger gewesen, aber die Gemeinde erwies ihm die letzte Ehre.

Stella gingen die letzten Worte, die seine Lippen verlassen hatten, nicht mehr aus dem Kopf. Hätte sie ihn doch nur viel früher darauf angesprochen. Sie wären möglicherweise zumindest für eine Weile wie Vater und Tochter gewesen. Sie hielt diesen unermesslichen Druck nicht mehr aus, also beschloss sie, Hauke einzuweihen. Er reagierte sehr verständnisvoll und fand die richtigen Worte.

»Er wollte dich nicht damit belasten. Seine Entscheidung war für eine gewisse Zeit richtig. Du warst bei ihm, als er für immer gehen musste. Etwas Schöneres konntest du ihm nicht mitgeben. Sein krankes Herz hörte einfach auf zu arbeiten, aber für dich wird es weiterschlagen. Finde deinen Frieden mit dir und deiner Vergangenheit. Er hätte es so gewollt.« Hauke streichelte ihr zärtlich übers Gesicht. Er nahm es in beide Hände und gab ihr einen langen Kuss. Überwältigt von der Zärtlichkeit schmolz Stella unter seinen Liebkosungen dahin. Sie erwiderte die heißen Küsse, ließ dann jedoch abrupt von ihm ab.

»Hauke! Was tust du mit mir? Lass uns bitte Freunde bleiben. Ich würde es nicht ertragen, deine Freundschaft zu verlieren. Bitte.« Flehend sah sie ihn an.

»Wir werden immer Freunde sein, Stella. Ich liebe dich.« Schmunzelnd wollte er Stella erneut küssen. Sie riss sich los und ließ den enttäuschten Hauke stehen.

Michael kam nun täglich auf den Hof, um nach Stella zu sehen. Er erwies sich als ausgesprochen umgänglich und erwähnte die gemeinsame Nacht in Stellas Bett mit keiner Silbe. Stella war dankbar für die stille Vertrautheit. In seiner Nähe fühlte sie, wie leicht das Leben sein konnte. Sie versorgten Stallone und Latina mit besonderer Fürsorge. Die Kaffeepausen waren eine schöne Abwechslung im Alltag, der mit reichlich Arbeit gefüllt war. Stella war glücklich an Michaels Seite. Er gab ihr Halt, ohne zu klammern.

Ende Februar fuhren sie nach St. Peter-Ording, um das Café herauszuputzen. Stella hatte neue Werbeschilder bestellt. Auf rotem Hintergrund stand in Schreibschrift der Name des Cafés:

Die Pommes-Königin

Den selbst ernannten Adelstitel hatte sie zu Ehren von Hans gewählt. So war er immer bei ihr.

Hauke war nicht erfreut, als Stella in Michaels Begleitung das Café betrat. Die beiden Männer taxierten sich feindselig. Stella versuchte, die Situation zu ignorieren und begann, den Tresen zu säubern, Kissen zu ordnen und die neuen, roten Wolldecken aus der Verpackung zu nehmen. Diese sollten den Gästen an kühlen Tagen den Aufenthalt auf der Terrasse angenehm machen. Es entging ihrer Aufmerksamkeit trotzdem nicht, dass Hauke und Michael einen Streit aufbauten. Eine plötzliche Stille alarmierte Stella und sie beschloss, einzugreifen. Die beiden Kampfhähne standen sich in drohender Haltung hinter dem Tresen gegenüber. Sofort ließ Stella ihre Tätigkeit ruhen und ging zu ihnen.

»Was ist hier los? Ich dulde hier keinen Streit.« Sie stand zwischen den beiden und sah von einem zum anderen. Die Männer ließen sich nicht aus den Augen.

»Nun hängt das Harmonieschild mal wieder auf, das sieht ja gefährlich aus.«

Drei Augenpaare schnellten erstaunt zur Tür. Als Erstes sahen sie eine rote Lockenmähne, die ein stark geschminktes Gesicht wild umrandete. Keck kam die Person näher. Ein lila Blazer betonte ihre schmalen Hüften und leuchtend grüne Augen sahen die immer noch Sprachlosen hinter dem Tresen an.

Sie streckte Stella ihre schmale Hand entgegen.

»Ramona Wiegand. Ich dachte mir, Sie brauchen vielleicht Hilfe, und ich suche einen Job. Die ideale Kombi für eine Zusammenarbeit. Wie finden Sie meinen Vorschlag?« Der dichte Wimpernrand verhüllte für eine Sekunde die strahlenden Augen von Ramona Wiegand. Fingerringe und Armbänder klimperten beim Händeschütteln. Die Jungs standen mit geöffneten Mündern da.

»Macht den Mund wieder zu«, befahl Stella. »Danke für Ihr Angebot, aber haben Sie überhaupt Erfahrung in der Gastronomie?«

»Die habe ich zur Genüge, ich kann Ihnen gerne meine Arbeitszeugnisse zeigen.« Dabei holte sie eine Mappe aus der übergroßen Handtasche.

»Hauke, bis du so lieb und machst uns einen Kaffee? Kommen Sie, Frau Wiegand, wir setzen uns dort drüben in die Ecke. Ich finde Ihr Angebot interessant.« Die beiden Frauen nahmen am Fenster Platz.

Eine Hilfe im Café, das war großartig. Stella war erfreut. Sie hatte nicht erwartet, dass die Suche nach einer Servicekraft so leicht werden würde. Gertruds Aushilfe hatte überraschend gekündigt.

Ramona Wiegand war zwar ein schräger Vogel, aber genau das wollte sie für ihr Geschäft. Es sollte außergewöhnlich sein. Ramona war ein super Kontrast zu den antiken Möbeln und dem modernen Tresen. Stella war sicher, diese Kombi würde ein Renner werden. Ohne dass Stella sie aufforderte, begann Ramona zu erzählen.

»Ich wohne hier in SPO, mein Fahrrad bringt mich überall zuverlässig hin. Ich bin Single, habe keine weiteren Verpflichtungen und liebe meinen Beruf. Einen Tag in der Woche hätte ich gerne frei. Die Wochenenden sind mir nicht so wichtig. In der Saison ist hier ohnehin der Teufel los. Dafür nehme ich mir eine Auszeit in den Wintermonaten.« Ramona Wiegand sprach ohne Pause. Stella bemerkte, wie nervös die flippige Frau eigentlich war. Sie wollte diesen Job unbedingt, das war deutlich zu spüren. Stella räusperte sich schmunzelnd, um anzukündigen, dass sie auch etwas sagen wollte.

»Frau Wiegand, ich finde es cooler, wenn wir uns duzen. Sind Sie damit einverstanden? Ich möchte auch die Gäste möglichst mit du ansprechen. Ich erhoffe mir dadurch eine vertraute Atmosphäre.« Ramona bekam große Augen.

»Ich finde es phantastisch. Heißt das, ich habe den Job?« Aufgeregt rutschte sie auf ihrem Stuhl hin und her.

»Richtig erraten.« Grinsend hob Stella den Becher mit Kaffee und prostete ihrer neuen Kollegin zu. »Wann können Sie … Wann kannst du anfangen? Sofort?«

»Ja, ja, gerne. Was soll ich tun?« Ramona war aufgesprungen und sah motiviert in die Runde. Stella lachte vergnügt.

»Lass uns morgen anfangen. Ich überlasse dir einen Schlüssel. Du kannst im oberen Stockwerk die Tische und Stühle neu ordnen. Ich möchte dort einen Internetanschluss anbieten und kleinere Sitzecken einrichten. Einen Fernseher habe ich dort auch vorgesehen. Wir haben Fußballweltmeisterschaft im Sommer. So haben die Gäste eine Möglichkeit, das Spiel zu verfolgen. In ihrem Hotelzimmer oder in den Ferienwohnungen sorgen sie dabei nicht für Umsatz. Da habe ich sie doch lieber bei mir.« Sie blinzelte Ramona verschwörerisch an.

»Find ich ausgesprochen gut, Stella. Ich komme morgen, um wieviel Uhr?«

»Es genügt um 10.00 Uhr. Ach, Ramona? Kannst du in Zukunft die Frühschichten übernehmen? Ich biete Frühstück an, wir öffnen um 8.00 Uhr. Deine Schicht würde dann um 7.00 Uhr beginnen.«

»Sehr gerne, ich bin Frühaufsteher.«

Lachend gab Stella ihr die Hand und deutete somit an, dass ihr Gespräch beendet war. Sie wollte die Kampfhähne nicht so lange unbeaufsichtigt lassen. Suchend ließ sie ihren Blick schweifen, es war niemand mehr zu sehen. Ramona verließ sichtlich zufrieden das Café. Stella suchte und fand Hauke im Vorratskeller. Michael war nirgends zu sehen.

»Was willst du denn mit dieser komischen Eule? Bist du sicher, dass sie die Richtige ist?«

»Lass mal, die ist goldrichtig«, raunte Stella konspirativ. »Wo ist Michael?«

»Der ist los. Notfall.« Hauke wich ihren fragenden Blicken aus und sortierte die Getränkekisten weiter in die Regale. Stella schnaubte, ersparte Hauke jedoch weitere Fragen.

Frauenpower

»Stella, mein unbezahlter Urlaub geht zu Ende. Ich muss zurück nach Calden. Ich hoffe, du kommst jetzt ohne mich klar.« Stella sah ihren Anhalter traurig an. Sie hatte gewusst, dass der Moment kommen würde. Es traf sie trotzdem unerwartet.

»Ist es wirklich schon so weit? Ich kann mir gar nicht vorstellen, dass du nicht mehr in meiner Nähe sein wirst.«

»Ich bin immer bei dir, Stella, lediglich vierhundertsechzig Kilometer und deine Unentschlossenheit trennen uns voneinander.« Er versuchte sie anzulächeln, es gelang ihm nur eine wenig überzeugende Mundwinkelverschiebung, die Stella mit gesenktem Kopf beantwortete. Sie wollte kein schlechtes Gewissen haben. Es beschlich sie trotzdem.

Hauke nahm ihr Kinn in die Hand und sah ihr tief in die Augen.

»Stella, wir sehen uns bald wieder. So leicht lasse ich mich nicht ausbooten. Bitte melde dich bei mir, wenn du Hilfe brauchst, oder ein offenes Ohr.« Er küsste Stella schnell auf den Mund und ging mit dem Vorwand, seine Sachen packen zu wollen, davon. Stella sah ihm nach. In ihrer Magengegend wurde es eng, sie schluckte die aufkommenden Tränen mühevoll hinunter.

Sie ging in das oberste Stockwerk der *Pommes-Königin* und nahm die neue Sitzordnung in Augenschein. Ramona hatte ihr Talent gut eingesetzt. Neue Gardinen gaben dem Raum mit dem Holzfußboden ein warmes Licht. Kerzenhalter und Blumen dekorierten die Tische. Der Anblick dieses gemütlichen Ambientes machte Stella stolz. Ja, hier würden ihre Gäste sich wohlfühlen. Jemand polterte die Treppenstufen herauf. Die schnellen Schritte kamen näher.

»Moin, Stella, na, wie gefällt dir mein Werk?« Ramona stand neben ihr.

»Es ist toll geworden, Ramona. Vielen Dank.«

Ramona war irritiert.

»Stimmt was nicht? Hast du geheult?« Besorgt sah sie ihre Chefin an.

»Alles bestens, ich bin nur gerade ein bisschen emotional.«

»Na ja, das kann ich verstehen, du stellst hier etwas Großartiges auf die Beine und hast schon viel erreicht.« Ramona strahlte sie unbekümmert an.

»Danke, Ramona. Ich freue mich unbeschreiblich darauf. Außerdem bin ich sehr froh, dich dabei haben zu können. Wir wuppen das hier.« Zufrieden sah Stella sich um. Dieses Café mitten in St. Peter-Dorf würde ein Selbstläufer sein. Genügend Publikumsverkehr, ansprechendes Ambiente und jede Menge Mut waren ein Garant für ein gutes Gelingen.

Stella und Ramona arbeiteten den ganzen Tag. In den Pausen erzählten sich die beiden Frauen ihre Lebensgeschichten und wurden dabei immer vertrauter. Ramona hatte nach dem frühen Verlust ihres Mannes lange mit sich und der Welt gehadert. Bis sie sich schließlich entschlossen hatte, ihr Leben wieder neu zu beginnen. Sie hatte die schräge Person entwickelt, die sie nun geworden war, und genoss ihr Dasein ohne Rücksicht auf ihr Umfeld, welches nicht immer positiv auf ihr schrilles Äußeres reagierte. Ramona brauchte die Leichtigkeit zum Leben wie andere die langweilige Alltagsroutine.

Ramona überraschte Stella plötzlich mit einer Frage, ihren Bruder betreffend. Stella hatte die beiden vor einiger Zeit bekannt gemacht.

»Sag mal, Stella, ist Sam eigentlich Single?« Sie zuckte

leicht zusammen, so als ob die Frage ungewollt über ihre Lippen gerutscht war. Stella sah Ramona an, als ob sie die Frau nun das erste Mal richtig wahrnahm. Ein Paradiesvogel an der Seite ihres Bruders? Das könnte passen. Ein Lächeln huschte über Stellas Gesicht. Sie mochte Ramona und konnte sich durchaus vorstellen, sie in ihrer Familie willkommen zu heißen. Aber was würde Sam dazu sagen? Eine nicht unwesentliche Frage.

»Sam ist Single, durch und durch, fürchte ich. Eine Frau hat es nie lange mit ihm ausgehalten, und umgekehrt. Ich würde mich für Sam freuen, wenn eine Frau sein Leben bereichern würde.« Stella grinste Ramona verschmitzt an. »Willst du morgen Abend zum Essen kommen?« Ramona schluckte.

»Ich weiß nicht, Stella, ich mag so organisierte Sachen nicht.«

»Quatsch, Ramona, es wird ein Arbeitsessen, was hast du denn gedacht?« Stella gluckste, sie fand die Idee immer spannender.

»Wenn du meinst, dann kann ich ja gar nicht nein sagen.« Unsicher lächelte sie. Nervosität stand Ramona im Gesicht.

Ramona schien nun Mühe zu haben, ihre Arbeit zu verrichten. Mit zittrigen Fingern faltete sie Servietten. Stella war im Begriff, in den Vorratskeller zu gehen. Schmunzelnd betrachtete sie Ramona. Sie pfiff dabei laut ein Lied, das bis in den Gastraum tönte. Ramona schien dadurch nicht ruhiger zu werden. Ablenkung verschaffte Gertrud, die plötzlich mitten im Café stand.

»Na, Mädels, kommt ihr voran? Ich dachte mir, ihr könntet Hilfe gebrauchen.« Gertrud sah sich wohlwollend um. »Die Saison kann starten. Ihr habt viel geschafft.« Stella hatte Gertruds Stimme gehört und kam verschwitzt die Kellertreppe herauf.

»Moin, Gertrud, wie schön, dass du uns besuchst.« Stella begrüßte ihre Vorgängerin herzlich. »Schau mal Trudi, ich habe dir einen Stammplatz reserviert. Hier am Fenster. Er wird immer für dich frei bleiben. Wann immer du willst, bist du mein Gast.« Trudi war sichtlich gerührt, ihre Augen glänzten verräterisch feucht. Dennoch erhob sie Widerspruch.

»Das ist unwirtschaftlich, wenn die Gäste gehen müssen, obwohl ein Tisch frei ist. Auf keinen Fall werde ich das annehmen. Hier …«, sie tippte auf die Tresenfläche, »würde ich einen Platz annehmen. Da kann ich viel besser das Treiben beobachten. Darüber freue ich mich, Stella.«

Stella nahm das Reservierungsschild vom Tisch am Fenster und platzierte es auf dem Tresen. Sie stellte eine Vase mit Blümchen dazu und betrachtete zufrieden ihr Werk.

»Ich hoffe, es gefällt dir, Gertrud, du bist immer willkommen.« Gertrud nickte zustimmend, sie strich Stella liebevoll über die Wange.

»Bist ein gutes Mädchen, ich bin glücklich, dich hier zu haben.« Gertruds Augen schimmerten erneut. Schnell verabschiedete sie sich mit dem Vorwand, noch einiges erledigen zu müssen. Versonnen sah Stella ihr nach. In kurzer Zeit hatten die beiden Frauen eine Vertrautheit entwickelt, die ungewöhnlich schön war.

Ramona kam mit einem Geschirrtuch in der Hand auf Stella zu.

»So, Chefin, wir haben für heute genug geschafft. Wollen wir 'ne Runde am Strand laufen?« Freudig stimmte Stella dem Vorschlag zu. Sie hatte noch nicht oft die Gelegenheit ergreifen können, den Strand von St. Peter-Ording zu genießen.

»Gute Idee, ich mache noch oben die Lichter aus …«

»Schon erledigt, der Keller ist auch schon abgeschlossen.« Ramona wirbelte das Geschirrhandtuch herum, um Stella anzutreiben. Lachend griffen sie ihre Jacken und gingen hinaus. Vor dem Café blieb Stella noch eine Weile stehen. Sie blickte zur Fassade hoch. Ein schönes Gebäude. Vor langer Zeit war hier eine Scheune gewesen. Die großen, weißen

Tore, die die Fensterfront umrahmten, wiesen auch heute noch darauf hin. Das Fenster im oberen Stockwerk, eingerahmt vom Dachüberstand, diente früher als Heuboden. Der rote Schriftzug *»Die Pommes-Königin«* gab dem Haus eine gewisse Modernität, ohne dem eigentlichen Flair zu schaden.

»Bist ganz schön stolz, was?« Ramona gab ihr einen freundschaftlichen Stups. »Kannst du auch sein.«

Lächelnd hakte sie Stella ein und sie zogen los zum Strand. Der Dünenweg zur Nordsee war menschenleer. Still gingen die beiden Frauen Seite an Seite. Ramona begann als Erste das Schweigen zu brechen. Sie plauderte munter drauflos, erzählte aus ihrer Kindheit, von ihrem Ex und ihrem Leben in St. Peter-Ording. Stella lächelte. Sie wartete geduldig darauf, dass Ramona zum eigentlichen Thema überging. Sam. Stella hatte bemerkt, dass Ramona seit ihrem Gespräch über Sams Singledasein unsicher und zappelig wirkte. Sam schien ihr nicht mehr aus dem Kopf zu gehen.

»… außerdem liebe ich Tiere über alles«, beendete sie schließlich ihren Redefluss. Stella grinste.

»Du wirst bitte keine Bäuerin, ich brauche dich im Café.«

Ramona sah sie mit großen Augen an.

»Wie kommst du denn darauf? Nur weil ich Tiere liebe?« Stella lachte leise.

»Nein, weil du dich in meinen Bruder verguckt hast.« Ramona gab Stella einen Knuff.

»Quatsch, Stella.« Verschämt blickte Ramona zu Boden. »Merkt man das wirklich so sehr?« Ramona hatte Sam kennengelernt, als sie Stella auf dem Hof besucht hatte. Er hatte sich überaus freundlich und aufmerksam gezeigt. Sam hatte ihr die Tiere vorgeführt und von seinem neuen Projekt, den Alpakas, erzählt. Seine leuchtenden Augen während er ausführlich erklärt hatte, waren direkt in Ramonas Herz gelandet. Leider konnte sie nicht ausmachen, ob er ihr gegenüber besonders freundlich war, oder ob er mit jedem Gast so umging.

Dazu kannte sie ihn zu wenig. Trotzdem bildete sie sich ein, ein besonderes Funkeln in seinen Augen bemerkt zu haben.

»Was läuft eigentlich bei dir und diesem Viehdoktor? Geht da was?« Ramona war es geschickt gelungen, von sich abzulenken und grinste Stella frech an. »Oder ist Hauke dein Herzbube?«

»Weder noch«, protestierte Stella etwas zu schnell. »Mein Bedarf an Männern ist für alle Zeit gedeckt. Ich hole mir keine Probleme mehr ins Haus.« Die beiden Frauen kicherten albern. Jede über die Wehrhaftigkeit der anderen. Stella seufzte.

»Wenn ich ganz ehrlich sein soll …, ich habe keine Ahnung. Kribbeln erzeugen beide Jungs in meiner Magengegend. Ich habe nur Angst, mich zu verlieren.«

»Stella, ich glaube, zu verlieren ist da nix. Trau dich einfach. Du hast es verdient, glücklich zu sein. Selbst wenn es nur eine gewisse Zeit dauert. Einen Liebesrausch können wir doch alle vertragen, wer sagt denn, dass es für ewig sein muss.«

Erstaunt blieb Stella stehen. Ramona hatte recht, das Leben war viel zu kurz. Unweigerlich dachte sie an ihre Mutter, die ihre große Liebe aufgegeben hatte, um ihre Ehe aufrecht zu halten. Selbst die Schwangerschaft mit Stella hatte sie nicht bewegen können, ihrem Herzen zu folgen. Trotzdem waren sie als Familie nie richtig glücklich geworden.

»Dann müsste ich mich immer noch für einen entscheiden. Das würde bedeuten, einen der beiden müsste ich verletzten. Das möchte ich auf gar keinen Fall.«

Ramona legte ihren Arm um Stella, langsam gingen sie weiter.

»Hm, das wird schwer, ich könnte dir auch keinen abnehmen, ich will deinen Bruder.«

Beide Frauen waren verblüfft über ihre Ehrlichkeit. Sie erzählten sich Dinge, von denen sie selbst nicht wussten, dass sie vorhanden waren.

Ramona machte an einer Bank Halt. Langsam setzte sie

sich und sah versonnen auf das Meer hinaus. Ein traumhafter Sonnenuntergang wurde ihnen geboten. Stella kuschelte sich nahe an Ramona heran. Verträumt ließen sie ihre Gedanken schweifen.

»Wir sind schon komische Vögel, oder?«, brach Ramona das Schweigen.

»Nö, ich finde uns ziemlich gut.« Stella hatte noch nie das Gefühl gehabt, eine Freundin zu haben. Während ihrer Modelkarriere waren andere Frauen Konkurrentinnen bis aufs Blut gewesen. Stets wurde ihr der Erfolg missgönnt. Vom Abführmittel im Wasserglas bis Stecknadeln in ihrem BH hatte sie alles erleben müssen. Die Ehe mit Holger wurde erschwert mit scheinheiligen Anwaltsfrauen. Sie musste lernen, dass sie nur sich selbst vertrauen konnte. Bei Ramona schien es anders zu sein. Hatte Stella eine Freundin gewonnen?

»Mir wird kalt, wollen wir uns auf den Heimweg machen?«

Ramona gab ihr Einverständnis, indem sie aufstand und Stella am Ärmel hochzog. Die Sonne verschwand langsam, durchdringende Kälte zog vom Deich herauf. Mit schnellen Schritten liefen die Frauen zurück ins Dorf.

»Soll ich dich nach Hause fahren, Ramona?«

»Nein danke, ich laufe noch ein Stück. Ich freue mich auf morgen, darauf, bei euch zu sein.«

Lachend verabschiedete Stella ihre neu gewonnene Freundin.

»Ich freue mich auch, ich bereite uns ein leckeres Mahl. Bring Hunger mit.«

»Versprochen, ich werde den ganzen Tag nichts zu mir nehmen.«

Stella ließ sich in ihr Auto plumpsen und betätigte den Zündschlüssel. Ramona winkte fröhlich und ging beschwingt nach Hause.

Nun doch müde vom langen Tag erreichte Stella den Hof und stattete Stallone noch einen kurzen Besuch ab. Das Tier nahm sie freudig in Empfang. Es stupste sie unentwegt an, um sie zu einem Ausflug über die Hauskoppel zu überreden.

»Nein, mein Dicker, heute nicht mehr. Ich bin einfach zu erledigt. Aber gleich morgen in der Früh gehen wir auf Streifzug.« Eine Hand voll Hafer reichte sie ihm noch, dann schloss sie die Boxentür. Liebevoll warf Stella ihm einen letzten Blick zu und löschte das Stalllicht.

Unstillbares Verlangen

Langsam ging Stella zum Haus hinüber. Bevor sie die Tür öffnete, warf sie einen schnellen Blick in den Briefkasten. Wie immer hatte Sam nicht daran gedacht, ihn zu leeren. Mit geübten Fingern angelte sie die Briefe hervor, ohne den Schlüssel dafür zu holen. Es gelang ihr nicht immer, die Post vollständig herauszuholen, aber an diesem Abend klappte es ohne Mühe.

»Geht doch, ich werde immer besser.« Flüchtig sah Stella den Stapel Briefe durch, um Wichtiges von Unwichtigem zu trennen. Post vom Amtsgericht. Neugierig betrachtete sie den Umschlag. Sicher wieder ein Versuch ihres Mannes, ihr Steine in den Weg zu legen. Verächtlich warf Stella das Schreiben auf den Küchentisch und schenkte ihm vorerst keine Beachtung mehr. Einem Preisausschreiben der ortsansässigen Tankstellen widmete sie größere Aufmerksamkeit. Jedoch hatte sie noch nie Glück im Spiel gehabt, so dass auch dieser Werbebrief schließlich bei den anderen landete. Ein prüfender Blick in den Kühlschrank verhieß ebenfalls nichts Gutes. Also machte sie sich auf die Suche nach ihrem Bruder.

Stella fand Sam im Wohnzimmer mit einer Whiskyflache im Arm. Er wirkte ungewöhnlich niedergeschlagen und traurig. Besorgt ließ sie sich neben ihm nieder. Zärtlich streichelte sie sein verzerrtes Gesicht.

»Sam«, flüsterte Stella, »was ist mit dir? Ist etwas passiert?«

Sam sah an ihr vorbei ins Leere. Sie wusste nicht, ob er sie überhaupt wahrgenommen hatte. Er lallte etwas Unverständliches und ließ das Kinn sinken. Stella schüttelte ihren Bruder. Zuerst sanft und dann immer heftiger.

»Sam! Sprich mit mir, bitte!«

Erneut drehte er seinen Kopf in ihre Richtung.

»Ach, Stella, du bist schon zurück? Wie war dein Tag?«

»Sag du mir, wie mein Tag enden wird. Was zum Henker ist los mit dir?« Stella wurde zunehmend nervöser. Es schien etwas vorgefallen zu sein, von dessen Ausmaß sie jedoch keine Ahnung hatte.

»Alles wird gut, Stella, ich brauch nur etwas Zeit.«

»Du sagst mir jetzt sofort, was los mit dir ist.« Stella zitterte aus Sorge um ihren Bruder.

»Liebes, du wirst es nicht hören wollen. Glaube mir. Ich würde dich so entsetzlich enttäuschen, dass du nie wieder ein Wort an mich richten würdest.«

»Quatsch, du bist mein Lieblingsbruder, schon vergessen?« Sie griff zur Flasche mit dem Hochprozentigen und trank direkt aus der Flasche. Warm lief die Flüssigkeit ihre Kehle entlang und legte ihr Gehirn augenblicklich in Watte. Mit schwerer Zunge sprach sie weiter auf Sam ein.

»Stella, du säufst doch wohl nicht? Das las mal unsere Mutter nicht sehen.« Schief grinsend sah er sie an.

»Die hatte auch ihre eigenen Geheimnisse, und ein Schluck Whisky macht mich nicht gleich zur Trinkerin.« Stella sah Sam erschrocken an, aber er war zu betrunken, um ihre ungewollte Anspielung auf ihre Mutter zu verstehen. Sie hoffte es zumindest.

»Sie hatte Geheimnisse? Woher weißt du davon, wenn es doch niemand wissen sollte?« Sam wurde mit einem Schlag nüchtern. Mit dieser Reaktion hatte Stella nicht gerechnet. Verzweifelt suchte sie nach etwas, um Sam von diesem Thema abzulenken.

»Lass uns schlafen gehen, Sam, ich bin hundemüde, und morgen wird wieder ein langer Tag.« Stella verließ die gemütliche Sofaecke, um ins Bett zu gehen. Unschlüssig blieb sie stehen und sah auf Sam herab. »Kann ich dich alleine lassen? Oder willst du vielleicht …«

»Geh schlafen, Stella, ich komme klar.« Seine Haltung ließ keine Widersprüche mehr zu. Dennoch begab sich Stella nur zögerlich in ihr Zimmer. Eine kleine elektrische Kerze wies ihr den Weg ins Bett. Sie machte kein weiteres Licht an, verzichtete darauf, die Zähne zu putzen, und warf sich angezogen aufs Bett. Sie dachte über Sam nach. Fehlte ihm eine Frau? Hatte er Schulden? Oder war eines seiner Tiere krank? Stella hoffte, dass der Besuch von Ramona mit einem Schlemmerabendessen ihn auf andere Gedanken bringen würde. Auch sein Leben durfte nicht nur aus Arbeit bestehen. Etwas fürs Herz war sicher genau richtig für Sam. Ihre Gedanken wurden vom Handyklingeln unterbrochen. Als sie sah, wer anrief, erhellte sich ihr Gesicht und die Sorgenfalten auf ihrer Stirn verschwanden.

»Hauke, wie lieb, dass du anrufst. Wie geht es dir? Vermisst du St. Peter-Ording?« Stella strahlte.

»Ich vermisse dich, Stella«, hauchte er ins Telefon. Seine Stimme klang rau.

»Hauke, ich …«

»Ich weiß, Schnecke, lass ma stecken. Schön dich zu sprechen. Wollten Danny und ihre Mutter nicht bald bei dir aufschlagen und Ferien machen?« Erleichtert, kein kompliziertes Gespräch führen zu müssen, erzählte sie locker von dem bevorstehenden Besuch.

»In zwei Wochen ist es so weit. Ich freue mich schon sehr auf die beiden. Der Kindergarten schließt in einer Woche, danach geht es für sie an die Vorbereitungen der Reise.«

»Schön.« Hauke schwieg.

»Gibt es bei dir Neuigkeiten?« Sie versuchte, ihn aus der Reserve zu locken. Stella hörte ein Räuspern in der Leitung.

»Nee, nicht wirklich. Die Arbeit ist im Moment purer

Stress, am liebsten würde ich alles hinschmeißen und auf irgendeine Insel ziehen. Oder nach Westerhever, zu dir.«

Stellas Herz klopfte so laut, dass sie befürchtete, Hauke könnte es hören. Sie dachte an ihre gemeinsame Nacht im Wohnmobil. Er war sehr bemüht gewesen, sie die Erlebnisse nach dem schrecklichen Unfall vergessen zu lassen. Sie lächelte bei der Erinnerung daran, wie er neben ihr schlief. Sein Lausbubengesicht hatte im Schlaf fast kindlich und verletzlich gewirkt. Seit dieser Nacht auf dem vom Winterkleid verhüllten Campingplatz umwarb er Stella hartnäckig. Trotz ihrer überflüssigen Pfunde. Sie fuhr mit der Hand an ihrem Körper herunter. Ja, sie hatte wieder eine Figur. Durchaus immer noch keine Modelmaße, jedoch annähernd im Normbereich einer Frau in ihrem Alter. Verdammt, warum nicht. Sie hatte doch nichts zu verlieren. Stellas Gefühle für Hauke waren wechselhaft, meistens jedoch knisterte es gewaltig, wenn er in ihrer Nähe war.

»Na, dann los, worauf wartest du noch, Hauke? Schwing deinen Hintern ins Auto und komm her. Deine Oma wird sich sicher genauso freuen wie ich.« Stella hielt inne. Was hatte sie gesagt? Nun gab es kein Zurück mehr. Warum hatte sie ihm Hoffnung gemacht?

»Stella, so einfach ist das nicht. Ich habe keinen Urlaub mehr, und für ein Wochenende ist der Weg zu weit«.

»Unsinn, der Winter hat seine Koffer gepackt, die Bahn ist frei. Keine Ausreden, Hauke.« Stella lachte. Ein Lachen aus Vorfreude und Verlegenheit. Ihre Flirterfahrungen waren eine Weile her, sie flirtete mit Hauke auf eine etwas holperige Art.

Ihm schien es trotzdem zu gefallen.

»Du willst mich wirklich sehen? Bist du sicher?«

Stella nickte heftig.

»Bist du noch da, Stella?«

»Ja«, hauchte sie, überwältigt von ihren aufkommenden Gefühlen. »Ich bin … hier.«

»Wo bist du gerade, Stella?«

»Im Bett, mit dir im Arm.« Von den Haarwurzeln bis in die Zehenspitzen schlugen heiße Wellen auf Stella ein. Mit jeder Faser sehnte sie Hauke herbei.

»Gut, ich komme übernächstes Wochenende.« Haukes raue Stimme drang in Stellas Ohr und strömte direkt in ihr Schambein. Ihr Körper bäumte sich kurz auf, der Schweiß rann in ihren Bauchnabel.

»Beeile dich, ich will dich hier haben.« Stella bekam nur noch ein leises Flüstern zustande.

»Schlaf gut, Frau Engel, und träum von mir.«

»Ohne Zweifel, das werde ich.«

Hauke unterbrach die Verbindung. Stella starrte die Zimmerdecke an. Hauke also. Er war der Schlüssel zu ihrem Glück. Warum bemerkte sie es erst jetzt? Hatte sie alle Kunst der Verdrängung angewandt, um es sich nicht eingestehen zu müssen? Noch nie in ihrem Leben hatte ein Telefonat sie so sehr aus der Fassung gebracht. Sie schob ihre Hand unter das T-Shirt und ließ sie auf ihrem feuchten Bauchnabel ruhen. Kein Zweifel, mit jeder Faser wollte sie Hauke. Ihr Körper ließ die letzten Bedenken schwinden. Ihre Gedanken waren wieder bei Sam. Sollte er nicht auch seine große Liebe finden? Stella plante das Abendessen in Gedanken. Sie war sich sicher, mit Ramona den Weg zum Glück ihres Bruders gefunden zu haben.

Am frühen Morgen schwang Stella die Beine aus dem Bett. Nach dem Duschen ging sie zu Stallone. Sie wollte die Morgenstunde nutzen, um ausgiebig mit ihm über die Felder zu gehen. Die Vorbereitungen zur Eröffnung der *Pommes-Königin* nahmen sehr viel Zeit in Anspruch, ihr Pferd sollte darunter jedoch nicht zu leiden haben. In der Dämmerung musste Stella wie ein Geist wirken. Ihr weißes Morgenkleid erhellte zusätzlich den erwachenden Tag. Sie fror ein wenig. Knarrend öffnete sie die Stalltür. Stallone hatte längst bemerkt, dass seine Herrin unterwegs zu ihm war. Polternd schlug er gegen die Boxentür.

»Ruhig, mein Dicker, ich bin ja da.« Sie löste die Verriegelung und erschrak, denn da war noch etwas in der Box. Umrisse einer Gestalt zeichneten sich ab. Stellas Herz pochte laut und unkontrolliert. Ihre Nackenhaare richteten sich auf und sie fühlte, wie sie eine Gänsehaut bekam. Lauerte dort in der dunklen Ecke Gefahr? Stallone hob seinen Kopf und weitete die Nüstern. Er spürte die negative Energie seiner Besitzerin und stampfte noch lauter. Die Boxentür drohte unter seinen Tritten zu zerbersten. Der heranwachsende Hengst entwickelte ungeahnte Kräfte. Stella war zusätzlich in Sorge um das Tier und beschloss deshalb, die Panik hinter sich zu lassen. Sie richtete sich zu ihrer vollen Größe auf und fasste Mut.

»Wer ist da? Kommen Sie sofort raus da, ich rufe die Polizei.« Das ließ sich der Eindringling nicht zweimal sagen. Langsam stand er auf und beruhigte zunächst das verstörte Tier. Stallone nahm die vertrauten Streicheleinheiten an. Stella runzelte die Stirn. Der Fremde stand mit dem Rücken zu ihr, dann drehte er sein Gesicht ins Licht. Stella blieb der Mund offen stehen. Damit hatte sie nicht gerechnet.

»Michael, du? Hast du dein Zuhause verloren? Du hast mich in Angst und Schrecken versetzt.« Ihre Haut leuchtete noch weißer. Sämtliche Blutzufuhr schien ihr entwichen zu sein. Michael schob seinen Körper durch die Tür. Er stand nun dicht vor Stella. Er roch nach einem Gemisch aus Aftershave und Stroh. Liebevoll sah er auf Stella herab.

»Es tut mir leid, Kleines, aber ich wusste keinen anderen Rat, wie ich dich alleine antreffen könnte.« Sehnsüchtig durchdrangen sie seine Blicke. Langsam hob er die Hand und legte sie ihr in den Nacken. Fiebernd sah er sie an. Er drückte seinen Körper dicht an Stellas. Schwer atmend näherte sich sein Mund. Ihre Lippen trafen aufeinander und ein Feuerwerk der Gefühle entfachte. Stellas Beine gaben nach, doch

Michael hatte sie fest in seinen Armen. Heiße Küsse glitten hinunter in ihr Dekolletee. Stella schmolz dahin. Sie wollte ihn mit jeder Faser und sie ließ es ihn spüren. Er streifte ihr Kleid ab und sah sie fasziniert an. Stella schob Michael sanft in eine leere Box. Dort ließen sie sich nieder. Mit schnellen Handgriffen entkleidete Stella ihren ehemaligen Mitschüler. Ihr stockte der Atem. Sie nahm seinem warmen Körper in ihren auf. Es schien, als würde hier alles zusammengehören. Strohhalme durchbohrten ihre zarte Haut, aber beide blieben davon ungerührt.

»Meine Schöne, mein Engel, wie sehr habe ich auf diesen Moment gewartet. Er ist noch schöner, als ich es mir in tausend Nächten ausgemalt habe.« Michael flüsterte die Worte in Stellas Ohr. Ein heißer Strom führte beide in eine Welt der erfüllten Sehnsucht. Wenige Augenblicke später lagen sie fest umschlungen nebeneinander, schweißgebadet und von Glück überwältigt. Stella legte ihre Arme unter den Kopf und sah Michael grinsend an.

»War das jetzt eine Vergewaltigung?«

»Ich fürchte, damit kommst du nicht durch. Du warst willig und gierig.« Er richtete sich ein wenig auf und betrachtete seine Liebste. »Du bist wunderschön.« Er küsste sie auf die Nasenspitze und ließ seine Hände über ihren festen Körper wandern. Stella schlang ihre Beine um seine Hüften und ließ sich ein weiteres Mal in das Reich der Sinnlichkeit entführen.

Die Vögel sangen ihr Morgenlied und die Sonne begrüßte den neuen Tag. Stella und Michael lagen immer noch eng umschlungen im Stroh. Michael zog einen Halm aus Stellas Haaren. Dabei streichelte er ihr glühendes Gesicht. Ein verführerischer Glanz erhellte ihre Aura. Michael erforschte ihren Körper mit liebevollen Blicken.

»Ich habe mich so sehr nach dir gesehnt.«

Stella küsste ihn auf den Mund.

»Sam wird gleich mit der Stallarbeit beginnen, wir sollten uns verziehen.«

»Er wird uns nicht böse sein, wenn wir ihn hier gemeinsam begrüßen.« Glücklich wirbelte er sie herum, so dass das Einstreu staubte. Entschlossen löste Stella die Umarmung und stand auf. Michaels bewundernde Blicke störten sie plötzlich.

»Ich muss zur *Pommes-Königin.* Ramona soll nicht warten.« Michaels Notrufhandy verkündete zusätzlich das Ende ihrer romantischen Zusammenkunft.

»Sorry, daran musst du dich gewöhnen. Ein Landtierarzt steht immer zur Verfügung.« Mit einem schuldbewussten Lächeln nahm er das Gespräch an. Dabei ließ er Stella nicht aus den Augen.

»Keine Sorge, ich bin in zehn Minuten bei Ihnen.« Mit der freien Hand versuchte er, in die Hose zu steigen. Auf einem Bein hüpfend beendete Michael das Telefonat und schlüpfte schließlich in das andere Hosenbein.

»Sehen wir uns heute noch, Engel?«

»Ich fürchte nicht. Der Tag ist ausgefüllt mit Arbeit und Terminen. Ich melde mich bei dir. Versprochen.«

Ein letzter sinnlicher Kuss und Michael verließ den Stall mit großen Schritten. Wenige Sekunden später heulte der Motor seines SUVs auf, der mit lautem Getöse abfuhr. Stella ging barfuß zu ihrem Hengst. Sie hielt in einer Umarmung mit ihrem Pferd inne.

»Oh, mein Dicker, hast du alles mitbekommen? Sag mir bitte, ob ich einen Fehler gemacht habe.«

Zur Antwort wieherte Stallone einen Protest. So klang es zumindest in Stellas Ohren.

»Ich weiß auch nicht, was in mich gefahren ist, aber es war verdammt schön. So etwas habe ich schon seit Ewigkeiten nicht erleben dürfen.« Sie wuschelte beherzt die Mähne des Mitwissers. Stella legte ein Halfter um und führte Stallone aus dem Stall. Die Kiesel auf dem Hof zwickten unter ihren nackten Füßen. Sie ignorierte den Schmerz genauso wie die zerkratzte Haut. Trotz der Erfüllung, die sie vor wenigen Minuten erfahren hatte, fühlte Stella eine unbegreifliche Leere. Hatte sie nicht vor wenigen Stunden Hauke aufgefordert, zu ihr zu kommen? War das Verlangen nach Hauke so groß, dass Michael ein leichtes Spiel bei ihr hatte? Oder war tatsächlich der Tierarzt das Objekt ihrer Begierde? Stella war verwirrt. Wo wird dieses Chaos enden? Würde sie beide Männer verletzen? Fügte sie sich selbst Schmerzen zu? Stella befürchtete, dass sie Michael und Hauke liebte. Sie kannte diese Art von komplizierten Beziehungen nur aus billigen TV-Serien. Nun war sie, Stella Engel, in einer Zwickmühle, aus der sie keinen Ausweg erkennen konnte. Der Gedanke, Hauke eine Abfuhr erteilen zu müssen, löste Widerwillen in ihr aus. Das Telefongespräch am Vorabend brannte noch in ihr. Wilde Emotionen wurden geweckt, das konnte unmöglich eine Laune der Natur sein. Stella musste etwas für ihn empfinden. Aber warum konnte Michael ihr Verlangen wecken, ohne Vorankündigung, einfach so, am frühen Morgen? Ihre Vorsätze, dem männlichen Geschlecht völlig zu entsagen, konnte sie dem Anschein nach nicht halten. Die doppelte Ausführung stand nun bei ihr Schlange. Davon, eine dicke, frustrierte Hausfrau zu sein, war sie plötzlich weit entfernt. Einerseits tat es gut, so umworben zu werden, andererseits war sie in eine Rolle gerutscht, von der sie niemals geglaubt hatte, dass sie diese jemals spielen würde. Spiel? Führte sie ein Spiel? Jeder würde ihr das übelnehmen. Ihr Bruder, Hauke, Michael, und bestimmt auch ihr Ex, alle wären empört. Stella wollte nicht mit der Liebe zocken. Sie brauchte eine Antwort auf ihre Fragen und ihre Gefühle.

Entschlossen brachte sie ihr Fohlen zurück in den Stall. Sie musste mit Ramona sprechen. Sie brauchte eine Verbündete und hoffte, ihre junge Freundschaft würde nicht darunter leiden, wenn sie sich Rat holte.

Sam

Stella lief mit schnellen Schritten zurück ins Haus. Ihr war bewusst, dass der leidenschaftliche Morgengruß mit Michael auch äußerliche Spuren hinterlassen hatte. Sie schlich an der Küchentür vorbei, um nicht auf Sam und Tine zu treffen. Stella steuerte direkt das Bad an und wusch die verräterischen Spuren von ihrem Körper. Dann erst begab sie sich in die Küche und begrüßte Sam. Tine hatte sich verdrückt. Höchstwahrscheinlich war sie durch Sams finsteren Gesichtsausdruck verunsichert worden.

»Guten Morgen, Sam, du bist noch nicht arbeiten? Müssen die Kühe nicht längst gemolken werden?« Stellas Stimme klang hell und fröhlich.

»Nee, ich habe jemanden eingestellt, der Hans ersetzten soll. Muss ja irgendwie weitergehen, der Laden«, brummte er in seinen Kaffeebecher hinein, ohne Stella anzuschauen. Stellas ohnehin nur aufgesetztes Lächeln erstarb. Die bitteren Worte ihres Bruders schmerzten. Nicht nur, weil er Hans erwähnte, sondern auch der eigenartige Klang seiner Stimme. So kannte sie Sam nicht. Forschend sah sie ihm ins Gesicht.

»Sam, Lieber, willst du mit mir reden?«

»Nein.«

Unbeirrt plauderte Stella auf ihn ein.

»Heute Abend bekommen wir Besuch. Ich koche uns etwas Schönes.«

»Hm«, lautete die wenig euphorische Antwort. Es interessierte ihn nicht einmal, wer zu Besuch kam. Stella zog ärgerlich eine Augenbraue hoch. Sie hatte keine Lust mehr, ihn mit Samthandschuhen anzufassen und dann auch noch angebrummt zu werden. Sorgenvoll schnappte sie ihre Autoschlüssel vom Bord an der Wand und fuhr ohne Gruß zur *Pommes-Königin.* Sie hoffte inständig, bald eine Erklärung für Sams Verhalten zu bekommen. Sie nahm sich vor ihn am Abend nach dem Essen mit Ramona erneut zur Rede zu stellen. Fieberhaft suchte sie nach einer Taktik, damit Sam ihr nicht würde ausweichen können.

Verbündete

»Du hast was!? Na, herzlichen Glückwunsch. So möchte ich auch einmal erwachen.« Ramona kicherte. »Aber warum siehst du so bedrückt aus? Sex am Morgen beschwingt und macht glücklich, du dagegen wirkst eher geprügelt.« Ramona sah ihre Freundin forschend an. Stella druckste herum.

»Na, weil … ich einige Stunden vorher mit Hauke auf Teufel komm raus geflirtet habe. Er kommt nächstes Wochenende hier her, weil ich ihm das Blaue vom Himmel erzählt habe. Ramona, wie komm ich da nur wieder raus?«

Ramonas Augen wurden groß.

»Oh …« Zu weiteren Kommentaren fühlte sie sich offenbar nicht imstande. Mitfühlend sah sie Stella an. »Im Moment habe ich dafür auch keine Lösung. Ich fürchte, du musst dich endlich entscheiden. Das bist du dir und vor allem deinen Helden schuldig. War es denn schön heute Morgen? Könnte der Viehdoktor dich auf Dauer glücklich machen?«

»Glaubst du wirklich, ich hätte mich sonst darauf eingelassen?« Stella wurde zickig. Diese direkten Fragen von Ramona waren ihr unangenehm.

»Okay, dann hast du doch die Antwort. Ruf Hauke an, er kann zu Hause bleiben. Basta.« Stella schniefte.

»Ich komme mir so durchtrieben vor. Wie kann man nur in eine solche Situation gelangen? Bin ich noch normal in der Birne?« Ramona nahm ihre verwirrte Chefin in den Arm.

»Natürlich bist du das. Liebe, Sex und Lust sind das Beste und Normalste auf der Welt.«

»Ist dir auch schon mal so ein Schlamassel passiert?« Hoffnungsvoll prüfte Stella die Reaktion Ramonas.

»Nein, so ein Glück blieb mir bisher verborgen.«

Stella sank in sich zusammen. Auch das noch, sie war eindeutig nicht richtig im Kopf. Ramonas Lachen machte es nicht besser.

»Dummerchen, was glaubst du denn? Und ich würde es nie als Fehler bezeichnen. Erfahrungen, ja. Genieße dein Leben doch endlich. Mach dir eine schöne Zeit mit Michael und sieh, was am Ende der Woche davon hängen bleibt. Danach kannst du Hauke austesten. Vielleicht sind ja beide nicht richtig für dich.«

Stella schluckte.

»Na, du hast Nerven. Ich eröffne in Kürze mein Café. Dafür brauche ich meine Energie. Sam macht auch noch Zicken, ich habe keine Ahnung, was mit ihm los ist. Kennst du nicht ein Mauseloch, in das ich hineinpasse?«

»Schnickischnacki, du drehst jetzt auf zur Höchstform, schließlich hattest du Sex, also los …«

Stella zuckte zusammen. Sie war es nicht gewohnt, so offen über Sex zu sprechen und Ramona nahm überhaupt kein Blatt vor den Mund. Einerseits bewunderte sie ihre Art, die Dinge beim Namen zu nennen, andererseits war sie leicht irritiert davon.

»Ramona?«

»Ja?«

»Das bleibt doch unter uns, oder?«

Ramona lächelte sie an.

»Ich wüsste nicht, wer an deinem Sexleben interessiert sein könnte. Erzähl mal von Sam. Hat er Sorgen?« Forschend sah Ramona ihr ins Gesicht. Stella zuckte mit den Schultern. »Wollen wir unser Essen lieber verschieben?«

»Kommt nicht in Frage, wir machen es uns heute muckelig. Ich habe schon alles eingekauft. Um sechs geht es los.«

Ramona atmete erleichtert auf. Sie freute sich auf den Abend mit Stella und Sam.

Stella zuckte zusammen, als ein SMS-Ton aus ihrer Hosentasche ertönte. Schnell fingerte sie ihr Handy hervor und erstarrte.

Ich freu mich so sehr auf dich.
Hauke.

Stella stöhnte.

»Auch das noch«, jammerte sie. Ramona kam neugierig auf sie zu. Wie zufällig warf sie einen Blick auf das Display des Telefons.

»Wie süß.« Leichter Spott klang in ihrer Stimme mit. In diesem Moment verkündete der Piepton erneut den Eingang einer SMS. Verwirrt sah Stella hin.

Engel, das müssen wir unbedingt wiederholen. Es war wunderschön. Ich liebe dich. Michi.

Ramona riss die Augen auf und kicherte.

»Ich würde sagen, du bist derzeit die ganz große Gewinnerin. Die Männer stehen Schlange bei dir.«

Stellas Herz schlug zum Zerspringen. Holger hatte sie vor die Tür gesetzt, weil sie ihm nicht mehr schön genug war, weil ihre Figur aus den Fugen geraten war und sie sich gehen lassen hatte. Sie hatte sich doch kaum verändert. Sicher, einige Kilo waren verloren gegangen, aber sie war immer noch Stella Engel mit ihren Macken und Rundungen. Jetzt stand sie plötzlich vor der Qual der Wahl.

»Ramona, hilf mir um Himmels Willen, ich weiß mir keinen Rat mehr. Ich fürchte, wenn Hauke vor mir steht, breche ich vor Scham zusammen.

Ramona überlegte fieberhaft. Bis ihr der zündende Gedanke kam.

»Stella! Du wirst Hauke zuvorkommen! Fahre zu ihm, dann musst du nicht befürchten, dass Michael dazwischenfunkt. Dort in Calden könnt ihr euch beschnuppern. Was meinst du?« Aufmunternd sah Ramona ihre Chefin an.

»Wie stellst du dir das denn vor? Ich habe hier zu tun. Wie soll ich Michael das erklären?«

»Gar nicht. Du musst dich nicht rechtfertigen. Wenn du unbedingt eine Ausrede haben musst, sagst du ihm, dass du einen Pommes-Lieferanten aufsuchen willst. Ich kenne sogar wirklich einen in Hessen. Die super Dinger würden hier einschlagen wie 'ne Bombe.«

»Na, du hast Nerven …«

»Ich kümmere mich um das Café, mach dir keine Sorgen. Du kannst dich auf mich verlassen.« Ramona strahlte Stella an.

»Ich weiß, aber ich lasse dich mit der Arbeit allein. Ich finde es nicht richtig.«

»Du fährst am Wochenende. Wenn du willst, bringe ich dich zum Bahnhof.«

»Ich fahre nicht mit dem Zug«, protestierte Stella empört. »Ich besitze ein Auto.« Erschrocken bemerkte sie, dass sie Ramona soeben die Zustimmung zu der Reise nach Calden gegeben hatte.

Ramona strahlte erleichtert.

»Als ob ich es nicht gewusst hätte.«

»Hexe.« Stella sah ihre Freundin grimmig an, bis sie schließlich lachen musste. Beschwingt setzten die beiden ihre Arbeit fort.

Sam lässt die Bombe platzen

Stella hantierte in der Küche. Sie bereitete ein Abendessen vor, das für alle ein Gaumenschmaus werden sollte. Ramona erschien überpünktlich und wirkte nervös. Stella war in Sorge um Sam. Er blieb bedenklich lange im Stall. Ließ er die Zeit absichtlich verstreichen, weil er keine Lust auf ein gemeinsames Essen mit dem Überraschungsgast hatte? Beunruhigt sah Stella ihm nach, als er im Bad verschwand. Ramona war beim Tischdecken behilflich und zerbrach dabei zwei Gläser. Stella holte geduldig den Besen aus der Kammer und nahm die Scherben auf. Ramona sah ihr unglücklich dabei zu.

»Nicht so wild, ich mag die Gläser ohnehin nicht mehr sehen. Es wird Zeit für Neues.« Stella lächelte sanft und streichelte der nervösen Ramona über die Schulter. Danach ging sie ohne weitere Kommentare in die Küche und kümmerte sich weiter um das Essen. Sam hatte inzwischen schon am Esstisch Platz genommen und schwieg. Auch während der Mahlzeit sagte Sam kein Wort. Ramona zupfte ständig an ihren Haaren, Appetit hatte sie keinen. Inzwischen war Stella ratlos. Sie wusste nicht, wie sie eine zwanglose Unterhaltung beginnen sollte, da Sam und Ramona in eine andere Welt versunken schienen. Immer wieder versuchte Stella, mit aufgesetzter Fröhlichkeit die Stimmung zu wenden. Nachdem Stella den Tisch abgeräumt und Sam einen Whisky vor sich stehen hatte, ergriff Sam das Wort.

»Ich weiß ja nicht, welche Absicht hinter diesem Zusammentreffen steckt, aber ich muss euch etwas sagen.« Er legte eine Pause ein und sah von Stella zu Ramona. Als er weitersprach, zitterte seine Stimme bedenklich. »Stella, eigentlich ist es nur für dich wichtig, weil es den Hof betrifft.« Erneut schwieg er. Ramona rutschte auf ihrem Stuhl hin und her. Stella hielt den Atem an. Sie ahnte, dass Sam Folgenschweres zu berichten hatte. »Stella, dein Geschenk, welches du mir zu Weihnachten machtest, war der Auslöser, dass ich mich nun offenbare.«

Es lag eine Spannung in der Luft, die für alle kaum zu ertragen war.

»Sam, nun lass uns nicht zappeln, raus mit der Sprache, bitte.« Stella fürchtete sich vor dem, was ihr Bruder zu berichten hatte.

»Ich werde nach Kanada auswandern …«

Wie versteinert saß Stella jetzt auf ihrem Stuhl. Sie traute sich nicht, Sam anzusehen. Gedanken rauschten durch ihren Kopf, die sie nicht sortiert bekam. Ramona fand als Erste ihre Fassung wieder.

»Toll, du hast dich für ein Abenteuer entschieden, sicher findest du eine Lösung für den Hof. Willst du Pferde züchten?«

»Genau. Ich habe auch schon eine Adresse, wo eine Farm zu verpachten wäre. Ein späterer Kauf ist nicht ausgeschlossen.« Ramona bekam leuchtende Augen.

»Ich freue mich für dich, Sam.«

»Damit auch gleich alle Unklarheiten beseitigt werden …« Sam nahm einen großen Schluck aus seinem Glas. »Ich fühle mich zum anderen Geschlecht hingezogen … Schwul … sozusagen. Hier in Westerhever geht so was nicht. Die Leute würden sich das Maul zerreißen. Bitte, Stella, verstehe mich, ich kann und will nicht mehr so leben. Es zerreißt mich.« Flehend blickte er zu seiner Schwester. Stella war nicht schockiert, dass sie nun einen schwulen Bruder hatte. Es schmerzte sie, dass Sam offenbar einen so großen Leidensweg gegangen war.

»Ich verstehe dich gut, Sam«, flüsterte sie. »Ich wünsche dir viel Glück, denn du hast es besonders verdient.« Leise rannen Tränen über ihr Gesicht. Sam war sichtlich erleichtert. Wie es schien, hatte Stella Verständnis für seine Situation. Selbst Ramona war nicht entsetzt über das Outing. Ramona wirkte zunächst ein bisschen traurig, aber sie kam schnell zu ihrer liebenswürdigen Form zurück.

»Sam, warum solltest du nach Kanada flüchten, nur weil du homosexuell bist? Du hast so viel Liebenswürdiges an dir, jeder der dich kennt, wird dich unterstützen und nicht angreifen.« Mit großen Augen sah Ramona ihn an. Sie nickte ihm aufmunternd zu.

»Das ist sehr lieb, Ramona. Aber ich fürchte, Kanada ist ein Traum, den ich habe, seit ich denken kann. Stella, ich habe lange mit mir gerungen. Ich möchte dir dein Zuhause nicht nehmen. Wir finden eine Lösung für den Hof. Ich verschwinde ja nicht von heute auf morgen, wir werden in aller Ruhe planen wie es weitergehen kann.« Schuldbewusst sah er seine Schwester an. Sie schwieg eine ganze Weile, während Ramona ohne Unterlass plapperte. Stella brach ihr Schweigen mit einem Räuspern. Sie ergriff Sams Hand. Es gelang ihr ein Lächeln.

»Mein lieber Bruder, auch du hast ein Recht auf Glück. Solltest du es wirklich in Kanada finden, bin ich natürlich auf deiner Seite. Ich habe nur Angst, dass du zu überstürzt handelst. Fahre doch erst einmal die vier Wochen mit dem Geschenkgutschein und lasse dich inspirieren. Wenn es dir dann immer noch so gut gefällt, kannst du immer noch deine Entscheidung treffen. Jan scheint sich gut eingearbeitet zu haben, vielleicht kann ich mit ihm den Hof weiterführen.« Dankbar betrachtete Sam seine Schwester. Dennoch raufte er verzweifelt seine Haare.

»Ich brauche Startkapital, ich muss den Hof verkaufen …«

»Wir werden sehen …« Stella richtete ihren Körper auf. Sie

war sicher, es würde eine andere Lösung geben. Der Hof war schuldenfrei, bis auf einige kleine Kredite für Neuanschaffungen. Stella verfügte über Kapital, das sie angespart hatte. Die *Pommes-Königin* würde einiges einbringen. Und letztendlich war der Hof wirtschaftlich gut aufgestellt. Stella war motiviert, die Aufgabe anzunehmen. »Wollen wir einen Marsch zum Leuchtturm machen?« Stella sah Sam und Ramona an.

»Ich muss passen«, bedauerte Ramona. »Ich verabschiede mich, bevor ihr losgeht. Der Sandmann leistet gerade ganze Arbeit.« Ramona lachte verhalten. Sie stand auf und verabschiedete sich von Sam, der immer noch auf seinem Stuhl verharrte. Er wirkte wie ein geprügelter Hund. Das schlechte Gewissen nagte an ihm. Stella brachte ihre Freundin zur Tür. Sie umarmte sie liebevoll.

»Tut mir leid … Ich wusste es nicht.«

»Schon gut, ich zerbreche nicht daran. Wäre auch zu schön gewesen. Hätte ich mir auch denken können. Es gibt keine Heteros, die so sensibel und freundlich sind wie dein Bruder.« Ramona nahm Stella noch einmal in die Arme. »Welch eine Verschwendung«, flüsterte sie Stella ins Ohr. Nun kicherte sie. »Ich sollte anfangen, mit offenen Augen durchs Leben zu gehen.«

Sie ging zu ihrem Auto und fuhr davon. Stella blickte ihr noch eine Weile nach. Gedankenverloren ging sie zurück ins Haus und suchte Sam. Er harrte immer noch auf seinem Platz am Esstisch aus. Traurig blickte er Stella entgegen.

»Nun schau nicht so … traurig. Du bist immer noch mein Bruder und wirst es auch immer bleiben.« Sie wuschelte ihm durch sein dichtes Haar. »Hast du schon einmal einen Freund gehabt?«

Sam nickte.

»Einige Male. Sie konnten meine Geheimnistuerei nicht ertragen und haben die Beziehungen beendet. Ich habe es gut verstanden, aber es tat jedes Mal höllisch weh.«

»Die Beziehungen mit Frauen, die du eingegangen warst – wie kamen die zustande?«

»Er waren nie richtige Beziehungen. Ich wollte es ja versuchen, aber es gelang mir nie.« Schuldbewusst sah Sam seine Schwester an. Stella war sehr betroffen. Über viele Jahre hatte Sam gelitten. Er war stets darauf bedacht gewesen, seine Gefühle im Verborgenen zu halten. Er tat ihr leid.

»Es ist vorbei, du musst dich nicht mehr verstecken, ich werde an deiner Seite sein, wenn du mich brauchst. Versprochen.« Sie kniete sich neben ihn und lächelte ihm zu. »Wollen wir noch zum Turm?«

Schwerfällig stand Sam auf und gab somit sein Einverständnis.

Mit flotten Schritten unternahmen die Geschwister die Nachtwanderung. Die frische Luft tat ihnen gut. Sam atmete erleichtert durch und es gelang ihm ein Lächeln, das Stella glücklich machte.

»Stella, entschuldige mein Verhalten von heute Morgen. Es tat mir unglaublich weh, dass du wegfahren musstest ohne eine Erklärung dafür zu bekommen. Ich fühlte mich noch nicht in der Lage dazu.«

Schweigend gingen sie nebeneinander her, als Sam plötzlich zu erzählen begann.

»Ich war betroffen und traurig, als du mit lautem Motorengeräusch den Hof verlassen hattest. Du warst sauer und ich konnte dich verstehen. Ich fühlte mich ziemlich jämmerlich. Wie gerne hätte ich dir von meinen geheimsten Wünschen erzählt. Wie sehr hätte ich überhaupt jemandem von den Problemen, die mich quälten, berichtet. Mir fehlte einfach der Mut. Seit ich ein kleiner Junge war, hatte ich diesen Traum, den ich selbst für verrückt hielt. Kanada.«

Stella hörte Sam betroffen aber schweigend zu.

Er war von dem Moment an, in dem ihre Eltern zu krank und zu alt geworden waren, um die Geschäfte des Betriebes zu leiten, der Chef auf dem Clausen-Hof gewesen. Nie wäre jemand auf die Idee gekommen, zu fragen, ob er dieser Aufgaben sein Leben lang alleine gewachsen sein würde. Der starke, selbstbewusste Sam. Immer freundlich, hilfsbereit und gastfreundlich. Er musste sehr verzweifelt gewesen sein. Stellas Herz wurde schwer. Nein, er durfte seine Bedürfnisse nicht hintenanstellen. Sie wollte das nicht zulassen. Sie hielt den Atem an, als er weitersprach.

»In den vergangenen Wochen drängten meine eigenen Wünsche immer stärker in mein Bewusstsein. Nur mit größter Anstrengung gelang es mir weiterhin, meinen Mann zu stehen. So, wie mich alle kannten. Es brach so heftig in mir aus, dass ich, als du vom Hof gefahren warst, Gegenstände durch die Küche feuerte. Das laute Scheppern ließ mich schockiert zusammenfahren. Ich fragte mich, ob dies meine Endstation sein sollte? Wie ein verletztes Tier schlich ich durch alle Räume, suchte verzweifelt einen Halt, der mich zu trösten vermochte. Im Flur war ich dann stehen geblieben und lehnte an einer Wand, wie ein nasser Sack. Ich sank zu Boden und ein hemmungsloser Weinkrampf nahm mich gänzlich gefangen. Ich war so verzweifelt und verwirrt, ich hatte mich vollends verloren.« Sam schluckte sie aufkommenden Tränen tapfer hinunter.

In all den Jahren hatte er funktioniert. Stella verstand seine tiefe Traurigkeit. Nie war es jemandem aufgefallen, dass er unglücklich war. Stets wahrte er sein Gesicht mit der Gelassenheit eines Jungbauerns. Jeder nahm ihm dies ab. Er musste dringend wieder Boden unter die Füße bekommen. Sie hoffte, er war nun auf dem richtigen Weg. Sie wollte ihm dabei helfen, so gut sie konnte. Mit leiser Stimme fuhr er fort.

»Ich rappelte mich aus meiner unbequemen Lage auf dem Boden auf. Mit staksigen Bewegungen ging ich ins Bad. Tine war noch nicht da. Auf keinen Fall wollte ich ihr so begegnen. Also wusch ich mir das Gesicht mit kaltem Wasser und starrte mein Spiegelbild an und beschloss, irgendwann die Zeit des Versteckspielens aufzugeben.

Die Schultern straffend richtete ich mich auf und unternahm den Versuch, in den Tag zu starten. Erschrocken stellte ich fest, dass ich Verlangen hatte nach dem Whisky vom Vorabend, der so zuverlässig die Sinne vernebelt und das Hirn in Watte gepackt hatte. Die Gedanken an unseren alkoholkranken Vater hielten mich davon ab. Unter keinen Umständen will ich so abrutschen. Es musste einen anderen Weg geben. Ich vertröstete mich, meine Wünsche bis zum nächsten Frühjahr aufzuschieben. Dann aber sollte die Bombe platzen. Meine noch in weiter Ferne liegenden Pläne beruhigten mich einigermaßen. Ich wollte mir in der Zwischenzeit überlegen, wie ich dir meine Absichten erklären würde. Verschoben auf das nächste Frühjahr. Danach konnte ich einigermaßen versöhnt mit der Situation in den Stall gehen.

An der Tür traf ich ausgerechnet auf Tine. Sie bemerkte natürlich sofort, dass mit ihrem Chef etwas nicht stimmte, behielt es aber zum Glück für sich.

»Moin, Sam, bist aber spät dran heute. Wie macht sich der Neue?«, trällerte sie stattdessen. Ich gab ihr eine knappe Antwort und schob mich an ihr vorbei. Ihre Blicke brannten mir im Nacken. Tine ist auch so ein Problem, richtiger, ich bin ihres. Ich fürchte, wegen mir wird sie zur alten Jungfer. Sie arbeitet seit zwanzig Jahren bei mir auf dem Hof. Ich weiß, dass sie mich liebt. Ich schäme mich dafür, dass ich ihr nie Hoffnungen machen konnte.«

Stella nickte wissend.

»Das ist mir nicht entgangen. Wie viele Jahre wartet sie wohl schon auf ein Zeichen von dir?«

Stella sinnierte. Tine liebte diesen freundlichen, sensiblen Mann, dem sie den Haushalt führte. Es war ihr sicher nie in den Sinn gekommen, nach anderen Männern Ausschau zu halten. Geduldig räumte sie ihnen hinterher. Klaglos verrichtete sie manchmal sogar die Büroarbeiten, wenn sie und Sam wieder einmal ein wildes Durcheinander hinterlassen hatten und die Küche von ihnen beiden zweckentfremdet wurde. Zum Beispiel Stellas Briefe, die seit Tagen ungeöffnet den Küchentisch dominierten. Tine war nicht für die Büroarbeit angestellt. Stella nahm sich vor, die Ordnung in der Küche selbst wiederherzustellen. Stella lächelte bei dem Gedanken an Tine. Wie oft hatte sie Tine gesehen, wenn sie am Küchenfenster stehen blieb und Sam beobachtete, wie er zeitweise mit hängenden Schultern die Tür zum Stall öffnete. Sie war eine Frau, die für ihren Bruder immer da wäre. Tine machte sich stets Sorgen um ihn. Offensichtlich wünschte sie sich an seine Seite, um ihm zu zeigen, dass sie für ihn da sein würde. Stella wünschte Sam, dass er eines Tages die Erfüllung der Liebe erleben durfte. Ganz gleich ob mit einem Mann oder einer Frau.

Sam deutete ihr Schweigen falsch.

»Bist du nun geschockt? Habe ich dich mit meinen Berichten überfordert?« Er forschte in ihrem Gesicht, soweit die Dunkelheit es zuließ.

Stellas Augen füllten sich mit Tränen. Liebevoll nahm sie ihren Bruder in den Arm.

»Nein, ich bin froh, dass wir nun an einer Zukunft arbeiten können, die uns beiden bekannt ist. Ich bin sicher, du wirst auch bald dein Glück finden.«

»Ich glaube, mir ist es neulich im Stall begegnet«, gestand Sam schüchtern.

Stella sah ihn überrascht an.

»Sam, ich weiß doch, wie wichtig dir deine Pferde sind, aber von diesem Glück habe ich eben nicht gesprochen.«

Sam gelang ein zaghaftes Grinsen.

»Ich weiß, Schwesterherz.«

Mehr konnte Stella nicht aus ihm herauslocken.

»Sam …«

»Hm?«

»Ich habe mit Michael geschlafen.« Sie hielt die Luft an.

Sam blieb abrupt stehen. Seine Augen strahlten.

»Es ist nicht, wie du glaubst …«, unterbrach sie seinen aufkommenden Kommentar. Sie wollte keine Geheimnisse vor Sam haben. Sie erzählte ihm von ihrer misslichen Lage. Dass sie zwei Männer liebte und keine Entscheidung treffen konnte.

Sam lachte befreit.

»Es kann in unserer Familie nicht einmal normal laufen. Wir sind schon richtige Chaoten.«

Er zog Stella weiter. Jetzt begannen sie zu kichern.

»Sieht ganz so aus.« Beherzt gab Stella Sam einen Kuss. Die Stunden der Beichte hatten beide befreit. Sie erreichten den Hof lachend und scherzend. Glücklich.

»Ich fahre am Wochenende nach Calden zu Hauke. Ich glaube, es ist besser, ihn nicht hier in Westerhever unter die Lupe zu nehmen.« Sie schmunzelte. »Ich hoffe, eine Entscheidung treffen zu können.«

»Ich garantiere dir, Stella, Entscheidungen befreien ungemein.« Sam grinste.

»Du musst es Tine sagen. Sie wartet seit Jahren auf dich. Es wird ihrem Selbstwertgefühl guttun, wenn sie versteht, dass deine Verweigerung nicht an ihr lag. Hilf ihr dabei, wenn du kannst.«

»Ich versuche es.« Sam nickte etwas betroffen.

Hauke

Ein mulmiges Gefühl beschlich Stella, als sie auf dem Weg nach Calden war. Sie hatte nicht vorgehabt, ihre alte Wahlheimat so schnell wieder zu besuchen. Hauke war hocherfreut, als sie ihm mitgeteilt hatte, dass sie fürs Wochenende nach Calden kommen wollte. Sie erwähnte den Pommes-Lieferanten, mit dem sie ein Geschäftsessen vereinbart hatte.

Michael hatte mehrfach versucht, sie anzurufen, um ein Treffen mit ihr zu verabreden. Irgendwann hatte sie das Gespräch angenommen, um Michael mit fadenscheinigen Ausreden fernzuhalten. Sie hatte geglaubt, es geschafft zu haben, bis er plötzlich vor ihr gestanden hatte. Zärtlich hatte er sie geküsst. Weiche Knie waren das Ergebnis dieser Zusammenkunft gewesen, die Stella verzweifelt versucht hatte zu vermeiden.

Prüfend hatte er sie angesehen.

»Stella, mein Sternchen, habe ich etwas falsch gemacht? Du bist so zurückhaltend.«

»Ich brauche Zeit. Verzeih mir, aber ich …« Stella hatte abgebrochen. Sie sah in funkelnde Augen, die sie ängstigten. Michael ging ohne Worte.

»Auch gut, das erspart mir Erklärungen«, murmelte sie leise. Stunden danach erhielt sie eine Nachricht per SMS.

Ich warte auf dich, wenn du bereit bist, erwachsen zu werden. Michael.

Stella war sprachlos. Er hielt sie für nicht erwachsen? Vielleicht war es so. Und wenn, dann wollte sie dieses Ziel auch nie erreichen. Lange genug hatte sie an Holgers Seite die brave Hausfrau gespielt. Ramonas Ermutigungen, endlich mit dem Leben zu beginnen, versuchte sie mehr und mehr zu beherzigen. Sie umfasste das Lenkrad fester und fieberte nun Calden entgegen. Den Blick stur auf die Autobahn gerichtet, dachte sie an Danny. Ihre Mutter hatte am Vortag angerufen, um ihren Besuch abzusagen. Ihr Mann käme langsam aus dem Koma zurück. Natürlich wollte sie in seiner Nähe bleiben. Stella wünschte ihnen alles Gute und versicherte ihr, dass das Angebot, sie auf dem Hof zu besuchen, auch für einen anderen Zeitpunkt galt. Stella lächelte bei dem Gedanken an die kleine, tapfere Danny. Sie war unendlich froh, dass ihr Vater noch am Leben war. Die junge Familie hatte wieder eine Zukunft. Eine schwere Kopfverletzung, die er davongetragen hatte, hatte ihn ins Koma fallen lassen. Nun erlangte er das Bewusstsein zurück. Ein großes Geschenk für die drei.

Stella erreichte die Autobahnabfahrt Richtung Calden. Ihr Herz schlug wild in der Brust. Sie schluckte vor Aufregung. Gleich würde sie Hauke treffen. Ihr Navi brachte Stella direkt vor seine Tür. Sie sah an dem hübschen Mehrfamilienhaus hinauf. Jede Wohnung verfügte über einen Balkon. Der Vorgarten begrüßte jeden Besucher mit bunten Frühblühern. Ein kleiner Steingarten lag dem Anschein nach noch im Winterschlaf, ließ jedoch erahnen, wie er im Sommer den Garten bereichern würde. Stella war in Gedanken versunken, da wurde von Hauke die Tür stürmisch aufgerissen. Als er Stella erblickte, blieb er wie angewurzelt stehen. Leuchtende Augen waren auf Stella gerichtet. Sie fühlte sich etwas unbehaglich und machten einen Schritt auf Hauke zu.

»Moin, Hauke, schön dich zu sehen.« Ihre hölzernen Worte ließen Hauke aufhorchen. Stella bemerkte seine Unsicherheit. Trotzdem nahm er sie schnell in den Arm, um sie zu begrüßen. Stella spürte, wie er ihren Duft einsog, sie ließ ihn großzügig ihre Wärme spüren. Er hatte so lange auf sie gewartet. Für Stella ein unglaubliches Glücksgefühl. Für einen Moment schloss sie dankbar die Augen. Ganz zart gab er ihr einen Kuss auf den Mund. Stella atmete schwer und erwiderte seine Liebkosungen. Hauke wirkte wie von seinem Glücksgefühl überwältigt. Er löste die Umarmung sanft und flüsterte:

»Komm herein, Liebes.« Sie gingen durch das saubere Treppenhaus in den dritten Stock. Stella schaffte die Stufen ohne Mühe. Die Trainingseinheiten zum Leuchtturm zeigten eine Wirkung, die sie selbst überraschte. Haukes Wohnung war sauber und aufgeräumt. Sogar einen Blumenstrauß hatte er auf den Wohnzimmertisch gestellt. Die Wohnung war hell und freundlich. Ein gemütliches Sofa lud zum Verweilen ein. Die Küche war klein, aber funktionell. Stella verschwand ins Bad. Nach der langen Fahrt hatte sie das Verlangen nach Erleichterung. Sie ließ sich Zeit, um ihre Gedanken zu sortieren. Michael spukte in ihrem Kopf herum. Sie musste sich ermahnen, nicht an ihn zu denken. Als sie fertig war, öffnete Stella die Tür zum Flur. Sie zuckte zusammen. Hauke stand direkt vor der Tür und wartete sehnsüchtig auf Stella.

»Bitte, Hauke, gib mir ein wenig Zeit.« Hauke hörte ihr Bitten nicht. Er küsste sie leidenschaftlich.

»Wir haben so lange gewartet«, stöhnte er. Ich will dich, Kleines. Stella bekam weiche Knie. Seine fordernden und doch zärtlichen Liebesbeweise vernebelten ihre Sinne.

Stunden später lagen sie verschwitzt und selig nebeneinander auf Haukes Bett.

Hauke richtete sich auf und strahlte sie an.

»Ich habe eine Einladung zu einer Geburtstagsparty. Hast du Lust, meine Freunde kennenzulernen? Ist ganz zwanglos.«

»Wann soll die Party steigen?«

»Jetzt«, hauchte Hauke und ließ Stella dahinschmelzen.

Später fand Stella sich also auf einer Party wieder. Es roch nach Hasch und Zigarettenrauch. Die Alkoholflaschen reihten sich auf dem Tisch. Sie spürte die neugierigen Blicke. Waren es spöttische Blicke? Hatte sie nur den Eindruck, oder wurde sie wirklich abschätzend betrachtet? Ein Unbehagen überkam sie. Stella versuchte, es zu ignorieren. Das Geburtstagskind feierte seinen dreißigsten Jahrestag. Er war schon etwas angetrunken und rückte nahe an Stella heran. Hauke hatte einen Joint zwischen den Fingern und war in seiner ganz eigenen Welt versunken.

»Du bist also Haukes neueste Errungenschaft? Du musst ja ganz besondere Qualitäten haben, dass Hauke so von dir schwärmt.«

»Werde bitte nicht unverschämt, ich kann das nicht leiden«, fauchte Stella ihn an. Birger, Haukes Freund, trat einen Schritt zurück. Er legte die Hand auf sein Brustbein und verbeugte sich.

»Oh, die Dame kann es nicht leiden. Entschuldige vielmals. Welchem Jahrhundert bist du denn entsprungen?« Er grinste sie frech an. »Bist du nicht ein wenig zu alt für unsere Party? Putenrennen ist in der Nebenstraße. Wenn du willst, bringe ich dich dorthin.«

Verzweifelt suchte Stella Blickkontakt zu Hauke. Er schien seine Umwelt nicht mehr wahrzunehmen. Sie wollte an Birger vorbeigehen, er verstellte ihr aber den Weg. Stella schloss kurz die Augen.

»Lass mich sofort vorbei … oder …«

Birger lachte schallend.

»Was oder?«, gluckste er albern.

»Oder du bekommst es mit mir zu tun.« Ein großer, stämmiger Mann schob Birger zur Seite. »Hast wohl dein Hirn komplett vernebelt? Oder was ist dein Problem?«

Eingeschüchtert hob Birger die Hände.

»Ich überlasse sie dir nur ungern …«

»Verschwinde jetzt, aber sofort«, polterte der Retter. Birger verschwand zwischen den anderen Partygästen. Stella schwitzte. Ihre Haare klebten ihr an der Stirn.

»Tut mir wirklich leid, ich bin übrigens Bodo.« Er reichte Stella die Hand.

»Danke, Bodo. Hast du eine Ahnung, wie ich hier wegkomme? Mir reicht es. Hauke scheint auch keine Option zu sein.« Genervt sah sie zu ihm hinüber. Der Mann, mit dem sie vor wenigen Stunden erotische Erlebnisse genossen hatte, war völlig weggetreten.

»Wie schaffe ich es nur, immer wieder in solche Situationen zu geraten?«, murmelte sie leise.

»Ich kann dich fahren«, bot Bodo seine Hilfe an. Skeptisch betrachtete sie ihn.

»Keine Sorge, ich rauche nichts und trinken ist nicht mein Stil«, beruhigte er Stella.

»Dann los, ich habe genug von der Party.« Stella schob sich an ihm vorbei und steuerte auf den Ausgang zu.

Bodo folgte ihr.

»Mein Auto steht da drüben.« Er wies auf die andere Straßenseite. Eilig überquerte Stella die Straße und hatte schon den Türgriff in der Hand. Ungeduldig wartete sie darauf, dass Bodo die Türen entriegelte. Erleichtert plumpste sie auf den Sitz. Bodo klemmte sich hinter das Lenkrad. Er konnte eindeutig ein größeres Auto gebrauchen.

»Wie kommst du zu solchen Freunden?«

»Das sind alles nette Jungs, vielleicht zu nett. Sie brauchen diese Partys, um ihr Leben zu ertragen. Ist traurig, aber leider die Wahrheit. Ich achte ein wenig darauf, dass sie nicht zu sehr aus der Bahn geraten. Tut mir leid, dass du da reingeraten bist.«

»Mir auch«, sagte Stella trocken.

»Hast du einen Schlüssel zu Haukes Wohnung? Oder musst du auf der Straße schlafen?«

Stella klopfte auf ihre Handtasche.

»Nein, aber einen für mein Auto. Das genügt mir.«

»Du willst im Auto schlafen?« Bodo zog die Augenbraue hoch.

»Nee … nach Hause … was sonst?«

»Wohnst du nicht in Nordfriesland?«

»Genau.« Stella schwieg.

Bodo hielt vor dem Haus, wo Stella ihr Auto geparkt hatte.

»Schade, ich hätte dich gern näher kennengelernt«, bedauerte er.

»Danke, mein Bedarf ist fürs Erste gedeckt. Vielen Dank fürs bringen.« Sie reichte ihm die Hand und lächelte ihm zu.

»Pass auf dich auf, Mädel.« Warmherzig schüttelte er ihr die Hand.

»Ich fange gleich damit an. Tschüss, Bodo.« Stella verließ den Wagen und steuerte auf ihr Auto zu. In vier Stunden würde sie wieder zu Hause sein. Hauke war als Liebesbeziehung für sie gestorben. Sie war nicht sicher, ob es überhaupt noch für eine Freundschaft ausreichen würde, hoffte es jedoch inständig.

Die A7 war nur wenig befahren. Stella konnte ohne Probleme durchfahren. Ihre Glieder waren in eine bleierne Müdigkeit versunken und sie musste aufpassen, dass ihr die Augen nicht zufielen. Nach einer Weile machte sie eine kurze Rast. Sie bestellte einen Kaffee und ging anschließend zurück zum Auto. Sie mochte die nächtliche Stille im Autobahnrestaurant nicht. Stella zog die Sicherheit in ihrem kleinen Flitzer vor. Gedankenverloren schlürfte sie an ihrem Kaffee. Dabei fiel ihr der Pommes-Vertreter wieder ein. Sie hatte komplett vergessen, dass sie mit ihm verabredet gewesen war. Stella beschloss, ihn am nächsten Morgen anzurufen und um Entschuldigung zu bitten. Wie peinlich ihr das alles war. Ihr Leben hatte eine merkwürdige Wendung genommen. Von einer braven Ehefrau zur Chaosbraut. Vielleicht hatte Michael recht damit. Sie sollte erwachsen werden. Stella musste grinsen. Erwachsen?

War sie das nicht lange genug gewesen? Vor allem, viel zu früh? Sie war so jung, als sie mit Holger eine Beziehung einging. Die Laufstege hatten auch nicht dazu beigetragen, eine unbeschwerte Jugend zu erleben. Entschlossen stellte sie den Kaffeebecher in die Halterung und startete ihren Wagen. Den Rest der Wegstrecke schaffte sie nun auch noch.

Leuchtturmtage

In den frühen Morgenstunden erreichte Stella Westerhever. Sie lenkte ihr Auto zum Deich. Der Hof musste noch warten. Sie zog ihre warme Jacke an und stapfte mit großen Schritten über den Schutzdeich. Am Horizont versuchte die Sonne bereits, den Tag anzukündigen. Leichte Nebelschwaden erschwerten ihr die Arbeit. Stella atmete tief durch. Es wehte eine leichte Brise, die ihr versprach, den Kopf frei zu bekommen. Eine Leichtigkeit überkam sie. Sofort huschte ein Lächeln über ihr Gesicht. Zielstrebig lief sie zum Leuchtturm. Er hatte ihr schon bei ihrer ersten Ankunft vor Monaten den Weg gewiesen. Sie hoffte, er würde ihr auch diesmal nicht seinen Dienst verweigern. Die Strecke dorthin war nicht überflutete und sie sollte endlich bis zum Ziel gelangen. Wo war ihr Ziel? Wusste sie es? Wann würde sie es wissen? Fragen über Fragen schwirrten durch Stellas Hirn. Der Wind kam jetzt aus Richtung Norden und wurde zunehmend kühler. Erleichtert erreichte sie ihr ersehntes Ziel und warf sich erschöpft auf die Bank unter dem Wahrzeichen. Der Himmel war sternenklar. Es schien so, als ob die Himmelsplaneten ihr fröhlich zuzwinkerten. Stella breitete die Arme weit aus und lachte laut.

»Jaaaa! Ich bin es. Stella. Der Stern, eure Schwester. Ich bin hier unten, um euch zu vertreten. Das hatte meine Mutter schon entschieden. Ich habe es nur nie richtig verstanden … Danke, Mom.« Befreit lachte sie immer weiter, bis sie abrupt aufhörte und einige Freudentränen vergoss. Tränen der Erleichterung. Stella wusste plötzlich, dass ihr Weg genau richtig war und das Leben wunderschön. Sie spürte mit jeder Faser, wie wertvoll Stella Engel war. Nichts und niemand würde sie je wieder von diesem Wissen abbringen. Sie war ganz und gar. Sie beschloss, noch einmal auf den Dachboden zu gehen. Wann es sein würde, wusste sie noch nicht, aber sie wollte ihre Vergangenheit kennenlernen. Irgendwann. Ihre Augen strahlten in die Dunkelheit. Stella war in ihrem Selbst angekommen. Sie war überglücklich.

Die Sterne hatten sich zur Ruhe begeben und der Sonnenaufgang gewann mehr und mehr an Bedeutung. Stella musste sich beeilen, die Flut würde bald ihr Recht einfordern und die Salzwiesen für kurze Zeit zurückerobern. Stella wollte keine nassen Füße bekommen. Voller Optimismus trat sie den Heimweg an. Sie fuhr den Clausen-Hof an und entdeckte Sam, der schon die Kühe gemolken hatte. Verdutzt blieb er stehen.

»Warum bist du schon wieder da? War es nicht schön in Calden?«

»Nein.« Stella fiel ihm in die Arme. »Hier ist es schöner.« Lachend ging sie ins Haus. »Ich gehe ins Bett. Berichterstattung kommt später.«

Trotz der langen Fahrt und des langen Fußmarsches war sie beschwingt und zufrieden. Sie schlüpfte durch ihre Zimmertür und legte sich sofort auf ihr Bett.

Mit von der langen Autofahrt steifen Gliedern kroch Stella am frühen Nachmittag aus dem Bett. Sie stellte fest, dass ihr Glücksgefühl sie noch immer beherrschte. In der Küche traf sie auf Sam. Er machte die verdiente Kaffeepause. Fragend sah er sie an.

»Geht es dir besser?«

»Mir ging es nie besser.« Sie strahlte ihren Bruder an. »Und dir? Bis du wieder in der Spur?« Sie lächelte ihm zu.

»Jo, ich bin guter Dinge. Es war gut und richtig, mich zu

öffnen. Ich mache mir nur Gedanken um Ramona. Ich hoffe, sie ist nicht zu sehr verletzt?«

»Ramona kommt klar. Dazu steht sie viel zu fest auf ihren schönen Beinen.« Stella lachte. »Sie tut mir ungemein gut und wird immer mehr zu einer Freundin.«

»Das freut mich für dich, Stella. Sie ist wirklich eine nette Person. Wenn ich nicht …« Sam brach ab und grinste verschämt.

»Mach dir nichts draus, andere Mütter haben auch schöne Söhne.«

Die Kaffeestunde in der gemütlichen Küche war zum Ritual geworden. Nur Hans Grummelstimmung fehlte den Geschwistern immer noch sehr.

Plötzlich hatte Stella eine Idee.

»Hast du Zeit für einen Ausflug in die Vergangenheit unserer Vorfahren?«

Sam blickte seine Schwester erstaunt an.

»Was hast du vor? Wie lange wird der Ausflug dauern?«

»Solange du willst.« Stella grinste geheimnisvoll. Sie hatte beschlossen, ihrem Bruder nichts mehr vorzuenthalten. »Wir gehen nur auf den Dachboden.« Gleichzeitig standen sie auf. Stella ging vor. Sie öffnete die Luke zum Dachboden und Sam angelte die Leiter herunter. Er ließ Stella den Vortritt. Sie führte ihn zur Truhe. Umständlich öffnete sie den schweren Deckel.

»Schau mal«, flüsterte sie ergriffen, als sie die Briefmappe zum Vorschein brachte.

»Ich verstehe nicht …« Sam sah Stella verständnislos an.

»Alles Briefe unserer Mutter an ihren Liebsten.« Sanft streichelte sie über die Mappe in ihren Händen. Stella übergab sie an Sam. »Sie sind nie verschickt worden. Glaube ich zumindest.«

Sam holte einen Brief hervor, um ihn zu lesen. Verblüfft ließ er ihn sinken.

»Die sind von Mom? Ich kann es kaum glauben. Frieda Clausen hat ein Doppelleben geführt? Und …«, er stutzte, »… mit Hans Petersen?«

Stella nickte heftig. Sie nahm einen der Briefe in die Hand und begann zu lesen. Sam hörte atemlos zu.

Mein lieber Hans,

heute ist ein schwerer Tag für mich, du bist mit Sam auf die Felder gefahren und unsere kleine Stella hat bitterlich geweint, weil ich ihr nicht erlauben konnte, euch zu begleiten. Ich frage mich nicht zum ersten Mal, ob es richtig ist, ihr zu verheimlichen, dass du ihr Vater bist. Sam ist so glücklich, wenn er mit dir die Felder bewirtschaften darf. Während mein Mann die Wodkaflasche liebevoll im Arm hält. Warum nur dürfen wir unsere Liebe nicht leben? Ich bin ein Feigling, das weiß ich. Aber für meine Kinder müsste ich doch die Kraft aufbringen, oder? In zwei Wochen ist mein Mann wieder zur Bauernmesse. Ich freue mich auf dein Lachen, deinen Humor und deine Zärtlichkeiten. Ich liebe dich über alles.

Sam ließ das vergilbte Papier sinken.

»Hans, Humor? Wann hatte er den denn?«

»Die Zeit der unerfüllten Liebe hat ihn so vergrämt. Mutters früher Tod muss ihn hart getroffen haben. Nun sind sie hoffentlich vereint. Schwerelos und glücklich.«

»So viel dazu, dass in unserer Familie niemals etwas normal läuft. Unsere Eltern hatten schon kein Glückslos in der Liebe gezogen.« Fassungslos starrte Sam die Briefe an.

»Seit wann weißt du davon?«

»Du erinnerst dich sicher, ich wollte den Dachboden entrümpeln.«

Sam schüttelte langsam den Kopf. Stella hatte ihm erklärt,

ihre Tränen seien eine Stauballergie. In der Aufregung um Stallones Geburt hatte er nicht weiter nachgefragt. Die Geschwister hockten im Schneidersitz nebeneinander im Staub des Dachbodens. Stella legte ihren Kopf auf Sams Schulter. Langsam legte Sam seinen Arm um Stella. So verharrten sie eine Weile und waren froh, einander zu haben.

Sam schluckte.

»Was machen wir nun damit?« Er betrachtete die Briefe. »Sollten wir sie entsorgen?«

»Nein, Sam, sie sind eine Erinnerung an unsere Mutter. Und an meinen Vater«, fügte sie leise hinzu.

»Warum war Hans nur so kratzbürstig zu dir? Ich habe es nie verstanden, aber nun will es mir erst recht nicht in den Kopf gehen.«

»Ich habe es auch lange nicht verstanden, aber ich glaube, er wollte kein Aufsehen erregen. Niemand sollte Verdacht schöpfen. Weißt du, was er mir gesagt hat, bevor er für immer die Augen schloss?«

»Er hat noch mit dir gesprochen?« Sam war erstaunt. Stella nicke heftig. Sie versuchte vergeblich, die Tränen herunter zu schlucken. Schluchzend nahm sie ihre Hände vors Gesicht.

»Er sagte, dass er mich liebt … mich … Stella …« Ihr tränennasses Gesicht blickte Sam an. »Ich wurde geliebt … von meinem Vater. Ich hätte so gerne noch eine Zeit lang als Vater und Tochter mit Hans verbracht. All das Versäumte nachgeholt.«

Sam schwieg betroffen. Er hielt seine Schwester fest im Arm.

»Ich habe dich auch immer geliebt«, sagte er heiser.

»Ich weiß, Sam. Du bist der beste Bruder, den ich mir vorstellen kann. Wir müssen diese Kapitel abschließen und nach vorne schauen. Seit heute Nacht weiß ich, dass es gelingen wird.«

Sie lösten ihre Umarmung und verließen den Dachboden

mit ihrer Vergangenheit. Staub haftete an ihren Kleidern, beherzt klopften sie ihn ab und gingen über den sonnigen Hof zu den Pferden.

Stella musste noch einmal zurück ins Haus. Sie holte das Telefon aus der Station und nahm es mit in den Stall. Beim Abbiegen um die Hausecke stutzte sie und blieb stehen. Ihr neuer Gehilfe schlich auf merkwürdiger Weise durch die Stalltür. Stella hasste es, zu lauschen, aber in diesem Fall vergaß sie ihre guten Manieren. Auf Zehenspitzen näherte sie sich der Tür zum Stall. Sie sah, wie Jan lässig an einer Box lehnte. Atemlos verfolgte Stella die Plauderei der beiden.

»Moin Chef« begrüßte er Sam fröhlich. Mit flinken Bewegungen begann Jan nun, Heu in die Futterrinne der Kühe zu verteilen.

»Moin«, brummte Sam wortkarg und schenkte Latina und Stallone seine Aufmerksamkeit.

»Wir werden einen schönen Sommer bekommen, das verraten mir meine Knochen.« Jan plauderte unentwegt weiter.

»Du hast ja schlaue Knochen, Jan. Wo gibt's so was? Mein Gespür für den Sommer sagt mir etwas anderes. Ich fürchte, die Ernte wird verregnen.« Jan lachte.

»Du hast Angst um deine Ernte. Das darfst du nicht verwechseln mit Gespür.«

»Quatsch.« Sam schien Jan sehr merkwürdig zu finden. Sam hatte erzählt, dass das Vorstellungsgespräch seiner Meinung nach merkwürdig verlaufen war. Aber er machte seine Arbeit gut und die Tiere waren bei ihm sicher in guten Händen.

»Sind die Kälber gefüttert? Oder soll ich mich darum kümmern?«

»Alles erledigt, ich gehe erstmal zu Tine, um mir einen Kaffee zu holen.« Pfeifend verließ Jan den Stall.

Stella nahm eine eilige Haltung an und stürmte in den Stall, an Jan vorbei.

»Guten Morgen Jan, alles klar bei dir?«, trällerte sie fröhlich.«

»Na klar, Chefin, aber danke der Nachfrage.« Freundlich winkte er ihr zu und ging zu Tine.

»Verdammter Schnacker«, brummte Sam Latina ins Ohr. Zärtlich klopfte er ihren Hals. »Ich werde dich vermissen, Schönheit.«

»Ich hoffe, nicht nur deine Pferde«, protestierte Stella mit gespielter Empörung. Sams Augen bekamen einen glänzenden Ausdruck. Man sah ihm deutlich an, wie wohl er sich mit der Entscheidung, sein Leben zu ändern, fühlte. Sam lächelte Stella entgegen.

Sie sah ihn fragend an.

»Was war das eben? Jan scheint sich für dich zu interessieren. Hast du das auch bemerkt?« Stella grinste.

»Nee, hab ich nicht«, wich Sam ihrer Frage aus.

Das Vermächtnis

In wenigen Tagen sollte die Eröffnung stattfinden. Stella und Ramona arbeiteten bis spät in den Abend. Stella wurde zunehmend nervöser. Auch Ramona konnte ihre Aufregung nicht verbergen. Ihr waren das kleine Café und ihre Chefin sehr ans Herz gewachsen. Sie wünschte Stella eine gelungene Eröffnung mit zahlreichen zufriedenen Gästen.

Hauke hatte nach der überstürzten Abfahrt Stellas kein Lebenszeichen von sich gegeben. Stella vermisste seine Freundschaft, war jedoch froh, dass er sie nicht mehr bedrängte. Vielleicht, so vermutete Stella, war sie doch nur eine Beute, die es zu erobern gegolten hatte. Dies war ihm ohne Zweifel gelungen.

Michael erschien immer noch regelmäßig auf dem Hof, um die tierärztliche Versorgung der Tiere zu gewährleisten. Er sprach mit Stella stets auf eine vertraute Weise, jedoch nie wieder über seine Liebe zu ihr. Stella war verwundert, wie leicht das Problem mit ihren zwei Helden zu bewältigen gewesen war. Trotzdem beschlich sie hin und wieder ein schlechtes Gewissen. Hatte sie letztendlich mit den Gefühlen der beiden gespielt?

Sie musste zugeben, es fehlte ihr eine starke Schulter zum Anlehnen. Nur die Erinnerungen an ihren Vater hüllten sie in ein unsichtbares Tuch der Geborgenheit. Die *Pommes-Königin* sollte ihre Zukunft sein. Erwartungsvoll fieberte sie dem Eröffnungstag entgegen.

»Stella, du hast deine Post noch immer nicht geöffnet, es

ist ein Schreiben vom Gericht dabei. Willst du dich nicht doch einmal darum kümmern?« Sam war beunruhigt wegen des Briefes vom Gericht.

»Ach, der ist bestimmt von Holger, ich bin nicht neugierig darauf, was er wieder für Einfälle hat.«

»Vom Husumer Gericht? Ich kann mir nicht vorstellen, dass er von Holger ist. Vielleicht bist du ja zu schnell gefahren?«

Stella lachte übermütig.

»Genau, und jetzt kommt die Anordnung, mich deshalb ins Gefängnis zu begeben.« Sie nahm die Post in die Hand und betrachtete den Umschlag. Langsam holte sie den Inhalt heraus.

Erbschaftssache Hans Petersen

Sie überflog den Brief hektisch mit angehaltenem Atem und ließ ihn dann zu Boden gleiten. Sie zitterte und ihrer Haut war alle Farbe entwichen.

»Hans hat mich als Alleinerbin eingesetzt …«

»Was hast du denn geerbt? Seine Stiefel? Die hast du doch schon.« Sam schmunzelte. Hans hatte nie viel Vermögen, er wohnte zur Miete und besaß nicht einmal ein Auto. Es schwirrte in Stellas Kopf, als ob Bienen dort eingezogen waren.

»Fünfhunderttausend«, stammelte sie leise. Die Zunge klebte an ihrem Gaumen.

Sam blickte sie an.

»Du träumst, oder?« Auch er wurde blass.

Stella bückte sich, um den Brief wiederaufzunehmen. Wortlos reichte sie ihn an Sam weiter.

»Woher hatte er so viel Geld? Er machte immer den Eindruck, arm wie eine Kirchenmaus zu sein.«

Stella hatte dafür auch keine Erklärung.

»Hier steht, dass es ein Sparbuchguthaben sein soll. Vielleicht hat er stets gespart und nichts für sich in Anspruch genommen«, meinte Stella verwirrt. »Die Frage ist, ob ich das Erbe annehme. Was meinst du? Darf ich eine solche Summe für mich beanspruchen?« Stella kamen Zweifel.

»Stella, wenn er sein Leben lang nur gespart hat, wird er es für dich getan haben. Er wollte dir etwas hinterlassen.«

»Ich wüsste ihn lieber noch hier auf Erden, als sein Geld für mich zu beanspruchen.« Gedankenverloren starrte sie aus dem Fenster. Über die Felder, die Hans Lebensinhalt gewesen waren.

»Gerade das macht dich so liebenswert, Schwesterherz. Nimm es ruhig an, oder willst du es dem Staat schenken?«

Stella schüttelte heftig ihren braunen Schopf.

»Bestimmt nicht. Sam, das heißt, wir haben keine Geldsorgen mehr. Ich kann den Hof behalten und du kannst ohne Not in Kanada eine Farm gründen. Vielleicht sollten wir langsam anfangen zu feiern.« Sie stürmte auf Sam zu und rannte ihn fast um. Lachend tanzten sie um den Tisch herum. Außer Atem ließen die Geschwister sich auf der Bank nieder. Ein Tränengemisch aus Freude und Trauer folgte.

Am Eröffnungstag war Stella zum Zerspringen nervös. Sie hatte mit Ramona das Servieren geübt und war mit den Tellern an ihre Grenzen gestoßen. Drei schaffte sie locker, aber dann war Schluss. Ramona meinte zuversichtlich, dass Stella es sicher bald hinbekommen würde. Alles eine Sache der Übung. Um Punkt zehn Uhr standen die Freundinnen neben dem Tresen und warteten auf Gäste.

»Was ist, wenn keiner kommt?«, jammerte Stella nervös.

»Du wirst dich wundern, die Hütte wird voll sein. Rede deinen Füßen schon mal gut zu. Sie werden heute ihr blaues Wunder erleben.«

Die Türen waren weit geöffnet und die Menschen von der

Straße blieben neugierig stehen. Einige bestürmten sogleich die Strandkörbe auf der Terrasse. Sie hüllten die roten Decken um sich und genossen die Frühlingssonne.

»Draußen ist dein Bereich.« Ramona stupste Stella an. Wie elektrisiert preschte sie vor, mit dem Notizblock in der Hand. Freundlich begrüßte sie die Gäste mit einen Glas Sekt oder Saft. Sie hatte große Mühe, ihr Tablett gerade zu halten. Sie bemerkte dabei nicht, dass sie ihre Zunge nicht unter Kontrolle hatte. Sie glitt Stella immer wieder in den Mundwinkel, während sie konzentriert die Bestellungen aufnahm. Im letzten Strandkorb saß seelenruhig ein Mann, der ihre Anstrengungen mit den vollen Gläsern beobachtet hatte, er lächelte milde.

»Moin, was darf ich dir bringen?« Stella blickte auf. Sie sah direkt in die stahlblauen Augen. Fast wäre sie über ein Stuhlbein gestolpert.

»Haben Sie Krabbensuppe auf Ihrer Karte? Dann würde ich die nehmen.«

Stella strahlte ihn an.

»Ja, mit Sahnehäubchen und Brot. Die schmeckt wirklich hervorragend«, stotterte Stella, als er sie grinsend ansah. Sie versuchte, ihre Unsicherheit mit kleinen Scherzen zu überspielen. Mit staksigen Schritten ging sie zurück ins Café, um die Liste beim Koch abzugeben.

»Ging doch prima, du machst das wirklich gut«, lobte Ramona gönnerhaft. Sie behielt an ihren Tischen geübt den Überblick und hantierte mit den Sektgläsern. Die Bestellungen aufzunehmen und sie später auf die Tische zu verteilen, waren für Stella zwei unterschiedliche Schwierigkeitsgrade. Sie vergaß oft, an welchen Tischen sie die Speisen verteilen sollte. Nur der Mann mit der Krabbensuppe blieb ihr ohne Anstrengung im Gedächtnis. Der Teller war bis zum Rand gefüllt. Stella schaute nur auf den Suppenteller, um sicherzugehen, dass nichts überschwappte. Einen Fuß vor den anderen setzend erreichte sie den hungrigen Gast. Plötzlich ergoss sich die heiße Suppe über ihre Finger. Eilig stellte sie die Fracht ab und hielt ihre Finger in das kalt gewordene Wischwasser unter dem kleinen Beistelltisch.

»Verflixt, ich bin aber auch ungeschickt,« fluchte Stella leise.

»Entschuldige, ich bringe dir sofort eine neue.« Rasch verließ sie den Tisch. Der Gast rief sie jedoch zurück.

»Kein Problem, gib mir den Teller, es ist doch nichts passiert. Das sind aber auch komische Suppenteller, wer hat die nur erfunden.« Er grinste die Wirtin frech an. Stella seufzte.

»Ich ... leider ... ich hatte mich gleich in sie verguckt. Sie sind wohl nicht besonders Kellnerfreundlich. Stella zuckte mit den Schultern. »Vielleicht liegt es auch an meiner Unerfahrenheit. Ich lerne noch, mit Suppentellern und Co. umzugehen.« Stella lächelte verlegen. Der Mann grinste still und löffelte die Suppe.

»Schmeckt ausgezeichnet. Backen Sie das Brot selbst?«

»Unser Koch ... ist der Held in unserem Team. Danke, ich werde es weitergeben.« Stella richtete ihre Aufmerksamkeit auf den nächsten Tisch. Inzwischen waren auch die restlichen Tische besetzt. Stella gewann immer mehr Sicherheit.

Ramona erschien hektisch auf der Terrasse.

»Stella, wir haben keine Pommes mehr. Die gehen weg wie warme Semmeln, die Currywurst geht ebenso zur Neige.«

»Bleib ruhig, ich habe im Keller noch Vorräte gebunkert.« Ramona wurde ungeduldig.

»Alles schon weg ...?« Stella bekam große Augen. Das war unmöglich. »Die zweihundert Stück? Das glaube ich nicht.« Insgeheim rechnete sie aus, wie viel Umsatz sie gemacht haben mussten, sollte tatsächlich alles verbraucht sein. Aber wie sollte sie das den Gästen erklären? Wegen Wohlstand geschlossen? Stella eilte in die Küche. Lars Klein, der Koch, wirbelte durch sein Reich. Seine Kochjacke, die am Morgen frisch gestärkt und gebügelt worden war, wirkte wie durch Ketchup gezogen.

»Chefin, gut, dass du kommst, ich brauche dringend Verstärkung. Wenn hier weiterhin der Bär tanzt, ist es alleine nicht zu schaffen.«

»Wir reden später, Lars. Bringst du bitte das Waffeleisen zum Glühen? Es ist Kaffeezeit und wir müssen versuchen, unsere Gäste von der Currywurst abzubringen. Schmeiß den Teig auf die Pfanne. Selbst wenn du einige wegwerfen musst, Lüfter auf Volldampf. Ich möchte zu keiner Bestellung *Nein* sagen müssen.

»Geht los!« Dabei drehte er den Temperaturregler hoch und wuchtete die Schüssel mit dem Teig aus der Kühlung auf die Arbeitsplatte neben dem Eisen.

»Prima. Lars, die Gäste sind begeistert von deinen Künsten. Ich höre nur Lob da draußen.« Sie zwinkerte ihm zu und huschte zurück in den Gastraum. Der Tresen war überfüllt mit Blumen und Glückwünschen zur Eröffnung. Stella freute sich darüber. Die Nachbargeschäfte meinten es gut mit ihr. Gertrud erschien mit einem großen Blumenstrauß. Sie lächelte Stella zu und überbrachte ihr liebe Grüße von Hauke.

»Mach mal Pause, Liebes, du hältst es sonst nicht durch bis zum Abend.«

»Gut gemeinter Rat, Trudi, aber du siehst ja, was hier los ist. Da kann ich mich nicht einfach zur Ruhe setzen.«

»Ich löse dich ab«, bestimmte Trudi und nahm ihr den Notizblock ab. Stella bemerkte nun, wie ihre Füße schmerzten, und nahm das Angebot dankbar an. Sie ging hinaus auf die Terrasse, um noch einen Blick auf die Gäste zu werfen. Die Sonne strahlte mit ihrer ganzen Frühlingskraft. Die Gäste waren eingemummelt in die roten Decken und fühlten sich pudelwohl. Genauso hatte Stella es sich gewünscht. Durch Trudis unerwartete Unterstützung wurde sie ruhiger. Stella ging von Tisch zu Tisch und erkundigte sich, ob alle zufrieden waren. Der Mann mit der Krabbensuppe saß vor seinem leeren Teller.

»Hat es dir geschmeckt?«

»Wunderbar, danke. Ich hätte gerne noch eine Tomatensuppe. Oder ist die Currywurst zu empfehlen?«

Stella schluckte.

»Ähm … im Grunde schon, leider sind wir ausverkauft.«

»Die im Bierteig auch?«

»Das Grundgerüst ist bei jeder Wurst das Gleiche. Currywurst eben. Leider ist keine mehr da. Tut mit wirklich leid.« Bedauernd blickte sie dem Mann in die Augen.

»Na ja, Suppe musst du ja auch noch üben. Ich nehme die Tomatensuppe.« Er grinste Stella verschwörerisch an. »Ob du es glaubst oder nicht, ich könnte dir mit der Currywurst helfen.« Zufrieden lehnte er sich mit breiter werdendem Grinsen im Standkorb zurück.

Erstaunt zog Stella die Stirn kraus.

»Wie das denn?«

Der Mann krabbelte aus dem Strandkorb heraus.

»Ich stelle mich am besten erst einmal vor. Tobias König. Du warst mit meinem Bruder in Calden verabredet und hast ihn versetzt. Ich leite unsere Filiale in Kiel. Mein Bruder bat mich, hier Mäuschen zu spielen, weil er dein Lokal sehr interessant findet.«

Stella hielt den Atem an. Unweigerlich dachte sie an den Abend in Calden, den sie schnell versucht hatte zu vergessen. Sie sank auf einem Stuhl nieder und deutete Tobis König an, das Gleiche zu tun. Tobias König begann, von seinem Unternehmen zu berichten.

»Es ist nicht ganz uneigennützig, dass ich hier bin. Erfahrungsgemäß gehen die Vorräte bei Neueröffnungen schnell aus, zumindest in Orten wie St. Peter-Ording. Da helfe ich doch gerne aus.«

Verständnislos sah Stella ihn an.

»Wie soll das gehen? Haben Sie die Wurst in Ihrem Koffer dabei?« Sie wies spöttisch lächelnd auf den Aktenkoffer, der neben ihm lag.

»Du hast einen Moment Zeit?« Er beobachte Trudi, die beflissen von einem Gast zum nächsten ging. Stella folgte seinem Blick und nickte. Er deutete ihr an, ihm zu folgen. Sie gingen den kleinen Weg zum Parkplatz. Hinter der Buxbaumhecke parkte ein riesiger Kühlwagen. *Der Pommes-König kommt*, stand dort geschrieben. Hungrig und durstig machende Bilder von Speisen und prickelnden Getränken ließen dem Betrachter das Wasser im Mund zusammenlaufen. Stella bekam ihren Mund nicht wieder zu. Sie stotterte.

»Dich schickt der Himmel. Eure Pommes sollen auch sehr gut sein, meine Angestellte hat schon davon geschwärmt.«

»*Pommes-König* und *-Königin*, wenn das mal kein Zufall ist.« Tobias lachte vergnügt. Er holte einen Lastenwagen aus dem Stauraum und schob ihn zur Tür des Kühlraumes.

»Wie viele darf ich dir liefern?« Er stapelte bereits die ersten Wurstpäckchen darauf. Danach wuchtete er die Pommes obendrauf. Er grinste verschmitzt.

»Immer her damit.« Stella konnte ihr Glück kaum fassen. Sie konnte am morgigen Tag beruhigt ausschlafen statt den Großmarkt stürmen zu müssen. Einen Eimer Ketchup stellte Tobias gratis dazu. Holpernd schoben sie gemeinsam die Ladung zur *Pommes-Königin.* Ramona und Lars würden staunen. Stella verspürte plötzlich Hunger. Sie hatte zuletzt am Morgen versucht, eine Kleinigkeit zu essen. Vor lauter Aufregung hatte sie nichts herunterbekommen.

»Die Tomatensuppe spendiere ich dir natürlich«, bestimmte Stella.

»Aber nur, wenn die Chefin höchstpersönlich die Bedienung übernimmt.« Tobias lachte. Er war offenbar gespannt, ob es Stella dieses Mal besser gelang, die Suppenteller zu transportieren. Während die Ware in die Küche geschoben wurde, sah Stella den Vertreter verstohlen von der Seite an. Er war glattrasiert und trug ein sportliches Sakko. Die Jeans saß perfekt und braune Schuhe bildeten den Abschluss dieses stattlichen Mannes. Am meisten hatten seine Hände ihre Aufmerksamkeit geweckt. Sie waren gepflegt, versprachen aber auch, zupacken zu können. Stella mochte schöne Hände.

Nachdem sie alles verstaut hatten, brachte Stella ihrem Retter die gewünschte Suppe. Es schwappte nichts über den Tellerrand. Erleichtert stellte sie ihre Fracht auf dem Tisch ab.

»Schade …«

Irritiert sah Stella Tobias an.

»Schade? Was meinst du?«

»Ich wollte doch so oft hierherkommen, bis du genug Übung im Servieren hast. Nun muss ich mir einen anderen Grund suchen.« Stella lächelte verlegen.

»Sicher muss ich noch sehr lange üben. Aber es gibt bestimmt auch andere Gründe, nach SPO zu kommen. Zum Beispiel die Lieferung der Waren, die ich anschließend serviere.«

»Da werden meine Fahrer nicht glücklich sein, wenn ich ihnen die Arbeit wegnehme.«

Angeber, dachte Stella. Sie nickte ihm trotzdem zu, um dann ihre Arbeit wiederaufzunehmen. Der Waffeltrick hatte funktioniert. Aus der Küche schwebte der Duft in den Gastraum und weiter auf die Terrasse. Eine Aktion, die auch neue Gäste anlockte. Stella bemerkte nicht, wie die Zeit verging. Trudi hatte sie mit Kräften unterstützt. Sam kam am Nachmittag vorbei. Als er sah, wie viel hinter dem Tresen liegenblieb, spülte er kurz entschlossen die Gläser, bis er wieder zurück zum Hof musste, um die Kühe zu melken. Wie es schien, war er froh, zur gewohnten Arbeit übergehen zu können. Mit Schweißtropfen auf der Stirn verabschiedete er sich vom Team der *Pommes-Königin.*

»Wie es aussieht, müssen wir einander mal feiern, aber

heute ist definitiv keine Zeit dafür«, lachte Stella fröhlich und gab ihrem Bruder zum Dank einen Kuss. Ramona blickte Sam verstohlen nach. Sie empfand es immer noch als pure Verschwendung, dass Sam auf Männer stand.

Als es in der Königin ruhig geworden war, saß Stella in einem Strandkorb und betrachtete versonnen ihre Leuchtreklame.

Pommes-Königin

Der Name war ein Vermächtnis ihres Vaters und so würde er stets ein Auge auf sie werfen. In roter Schrift prangten seine Worte am Giebel des ehemaligen Stallgebäudes. Still lächelnd genoss Stella die eingetretene Ruhe und hielt Zwiesprache mit Hans.

Plötzlich standen Ramona, Lars und Trudi um ihren Strandkorb herum, jeder mit einem Sektglas in der Hand. Ramona reichte Stella auch eines.

»Auf die gelungene Eröffnung, Chefin«, prostete Trudi als Erste. Alle waren sich einig, sollte es weiterhin so gut laufen, benötigten sie bald Verstärkung.

Unverhofft kommt oft

Zufrieden sah Stella Sam dabei zu wie er den Putzlappen in den Mülleimer warf. Er war sich sicher, er hatte den Trecker wieder zum Laufen gebracht. Die Werkstatt für Landmaschinen hatte ihm bereits das Aus für den Trecker vorhergesagt. Reparatur zwecklos. Damit hatte er sich nicht abfinden wollen und so hatte er Stunden darauf verwendet, seinen treuen Freund zu zerlegen. Stella hatte ihn als Handlangerin tatenkräftig unterstützt. Es bereitete ihr große Freude, einmal mit anpacken zu dürfen. Nachdem Sam die Teile wieder zusammengesetzt hatte, kam nun der große Moment. Würde der Motor starten? Sein nackter, ölverschmierter Oberkörper glänzte vor Schweiß. Sam hatte die große Halle beheizt und schien es nun zu bereuen. Er schob die Hallentür auf und ließ Sauerstoff hinein.

Jan schlüpfte in die Halle.

»Na, Chef, läuft er wieder? Oder können wir den Schrotthändler anrufen?«

»Schrotthändler«, echote Sam entrüstet. »Nix da. Der läuft, da kannst du drauf wetten.«

»Kiste Bier und nen Zentner Tabak?«, schlug Jan eine Wette vor. Sam ging darauf ein, in dem er Jan die ölige Hand reichte. Wider Erwarten griff Jan zu. »Das wird teuer, Chef«, grinste Jan schief.

»Fragt sich nur für wen?«, konterte Sam verschmitzt. Zögerlich ließ Jan die Hand seines Arbeitgebers los. Sie rutschte regelrecht durch das Motoröl. Irritiert blickte Sam in Jans

Augen. Nur für den Bruchteil einer Sekunde, dann fing er sich wieder und schwang sich geschickt auf den Trecker, um den Startversuch zu tätigen. Beim zweiten Versuch röhrte der Motor tuckernd. Sam strahlte. Er hatte es schließlich gewusst, der Trecker war noch nicht für den Schrott bestimmt. Kleinlaut rief Jan gegen das laute Motorengeräusch.

»Glückwunsch … Wette gewonnen. Gibst du mir einige Überstunden, damit ich mir die Niederlage leisten kann?«

Übermütig sprang Sam herunter und knuffte Jan kichernd.

»Mit mir solltest du dich nicht anlegen. Da hast du im Voraus schon verloren. Du kannst den Trecker auf den Hof fahren. Ich muss hier noch aufräumen, sonst droht Stella mir mit Müllcontainern. Da ist sie nicht zimperlich«, lachte Sam.

»Stimmt«, tönte Stella lachend aus dem Waschraum heraus. Du lernst schnell, Bruderherz.« Sie schrubbte weiter auf ihre schmutzigen Hände herum, nicht ohne mit einem Ohr die Gespräche der beiden Männer zu verfolgen.

Sie sah, dass Jan auf den Sitz stieg, er rutschte jedoch auf dem öligen Tritt aus und fiel zu Boden. Sam eilte zu ihm.

»Jan, alles okay?« Besorgt sah Sam in die Augen des jungen Mannes, von dem er so gut wie gar nichts wusste. Grüne Augen hatte er. Die blonden Haare standen meist in alle Richtungen ab. Durch die Arbeit auf dem Hof und auf den Feldern war er braungebrannt. Das beim Sturz zerrissene T-Shirt gab die muskulöse Schulter frei. Besorgt eilte Stella herbei um ihre Hilfe an zu bieten. Amüsiert stelle sie fest, dass sie gar nicht bemerkt wurde.

»Ich glaube schon. Mann, bin ich ein Trottel.« Jan stöhnte. »Darf ich trotzdem noch fahren?« Inzwischen war die Halle von Dieselabgasen geschwängert.

»Klar, mach dass du rauskommst«, raunte Sam. »Bist du wirklich heil geblieben?« Besorgnis klang aus Sams Stimme. Jan nickte und stieg erneut auf das unentbehrliche Gefährt. Sam kratzte sein Kinn, schüttelte den Kopf und begann mit den Aufräumarbeiten. Stella stellte sich neben Sam und sah Jan zu, wie er den Trecker aus der Halle lenkte. Mit einem Lächeln auf den Lippen sprach sie mit zusammengepressten Zähnen zu Sam.

»Geht da doch was?«

Sam wurde tatsächlich rot.

Am Nachmittag saß Stella im Wartezimmer des Notares. Sie hatte einen Termin zur Testamentseröffnung vereinbart. Sie warf zur Ablenkung einen Blick auf ihr Handy. Da rief die Sekretärin bereits ihren Namen und Stella sprang sofort auf. Mit klopfendem Herzen ließ sie sich in das Büro des Notars führen.

»Frau Engel, schön, dass Sie da sind, nehmen Sie doch Platz.« Der Notar reichte ihr nicht die Hand. »Ich bin erkältet, ich möchte Ihnen lieber nicht die Hand geben.« Wie zur Bestätigung schnäuzte er in ein Papiertaschentuch.

»Oh.« Zu mehr war Stella nicht in der Lage. Die gesundheitliche Situation ihres Notars war für sie in diesem Augenblick wenig interessant.

»Frau Engel, Hans Petersen hat sie zur Alleinerbin eingesetzt. Er war jahrelang mein Klient und mir sind daher die Gründe bekannt. Herr Petersen hat fast sein gesamtes Einkommen gespart, um Ihnen eine kleine Summe hinterlassen zu können. Da er zu Lebzeiten keine Chance hatte, Sie zu unterstützen, hat er diesen Weg gewählt. Seine größte Sorge war allerdings, wie Sie auf die Vaterschaft reagieren würden. Sie wissen es inzwischen?« Er legte eine Pause ein.

»Ja, ich habe Hinweise darauf auf dem Dachboden gefunden. Als er in meinen Armen starb, wusste oder ahnte ich es bereits.« Stella schluckte die Tränen hinunter. Der Notar Dr. Lehmann nickte verständnisvoll.

»Haben Sie noch irgendwelche Fragen dazu?«

Stella schüttelte den Kopf. Sie wollte so schnell wie möglich dieses verstaubte Büro verlassen. »Ich werde alles Weitere für Sie veranlassen und es Ihnen in schriftlicher Form zukommen lassen.« Dr. Lehmann erhob sich und reichte Stella zum Abschied doch die Hand.

Wie betäubt verließ sie das muffige Gebäude, um ihr Auto aufzusuchen. An der Tankstelle befüllte sie ihren Wagen mit Treibstoff, um den Heimweg antreten zu können. Ramona würde sicher schon sehnsüchtig auf sie warten. Die *Pommes-Königin* war zum Magnet der Gäste geworden und verursachte viel Arbeit. Stella bezahlte an der Kasse und eilte zurück zum Auto. Auf der anderen Straßenseite entdeckte sie Michaels SUV. Sie stutzte kurz und hob dann die Hand zum Gruß. Michael, der sie offensichtlich gesehen und auf sie gewartete hatte, überquerte die befahrene Straße und kam auf sie zu.

»Hallo, Engel, was tust du in Husum? Ich war mir nicht sicher, ob es dein Auto ist, darum habe ich erst einmal gewartet.«

»Ist es«, lachte Stella und erklärte ihren Ausflug in die Storm-Stadt.

»Schön, dich zu sehen. Auf dem Hof bist du ja kaum noch anzutreffen. Dein Café läuft gut, oder?«

»Ich bin zufrieden.«

»Hast du Lust, mit mir eine Kleinigkeit zu essen?« Michael sah sie bittend an. Stella überlegte einen Moment, bevor sie ihre Zustimmung gab. Sie beschlossen, zum Hafen zu fahren und ein Fischlokal aufzusuchen. »Stell dein Auto doch hier ab und wir nehmen meines.« Stella stimmte zu.

Wenige Augenblicke später saß Stella in dem bequemen Sitz des SUVs. Leise Musik tönte aus den Lautsprechern. Sie schloss für einen Moment die Augen. Michaels Duft erfüllte das Wageninnere. So vertraut und doch so neu kam ihr dieser Moment vor. Es fehlten nur noch die Strohhalme im Haar. Stella fühlte den Morgen von vor einigen Wochen auf ihrer kribbelnden Haut. Hätte sie nur nicht dem gemeinsamen

Essen zugestimmt. Michaels Nähe gab ihr Sicherheit, gleichzeitig fühlte sie sich unbehaglich. Verstohlen sah sie ihn von der Seite an. Lässig hielt er das Lenkrad in der Hand und verfolgte konzentriert den Husumer Verkehr. Am Hafen fand er gleich einen Parkplatz. Endlich sah er Stella an.

»Engel, ich vermisse dich«, flüsterte er. Dabei sah er sie traurig an.

Stella wich seinem Blick aus und starrte auf ihre Hände.

»Ich glaube, du fehlst mir auch.«

Schweigend sahen sie auf den Hafen. Es herrschte Ebbe. Die Kutter lagen vertäut und in Schieflage am Kai.

»Es war so schön mit uns, was ist schiefgegangen?« Forschend betrachtete Michael sie. Stella hatte einiges an Gewicht verloren, sie wirkte sehr zerbrechlich. Die Arbeit im Café hatte sie verändert, jedoch fand er sie immer noch wunderschön.

Jetzt sah sie ihm in die Augen.

»Ich bin schiefgelaufen, du bist wie immer.«

Michael verstand sie nicht. Sein Gesicht wies lauter Fragen auf. Stella fasste Mut. Sie wollte keine Lügen und Geheimnisse mehr. Stockend begann sie ihm von ihrem Ausflug nach Calden zu erzählen. Dabei ließ sie nichts aus. Michael unterbrach sie dabei nicht. Hin und wieder ertönte ein leises Schnauben aus seiner Richtung. Er hielt seine Hände zu Fäusten geschlossen. Als Stella fertig war, öffnete er sie wieder. Er wirkte nun entspannter.

»Du hast Hauke danach nie wieder getroffen?«

»Wann denn auch? Ich habe gar keine Zeit für Dates und Probleme. Und erst recht kein Interesse. Die *Pommes-Königin* verlangt meinen vollen Einsatz.«

Vorsichtig spielte Michael mit Stellas Haaren. Sie waren dem Kurzhaarschnitt entronnen und gingen ihr nun fast bis zum Kinn. Stella nahm seine Hand, um sie zu halten. Warm lagen ihre Hände nun ineinander. Zärtlich küsste Stella schließlich seinen Handrücken und gab ihn wieder frei.

»Es ist, wie es ist, Michael. Ich komme gut zurecht, auch ohne männlichen Begleiter.«

»Wir haben also keine Chance? Was will der Pommes-König von dir? Der ist jede Woche bei dir auf der Terrasse. Schleimt er mit dir rum?«

Stella lächelte.

»Ich denke schon, dass er mich anbaggert, aber er ist nicht mein Typ. Ich bin sicher, er wird seine Bemühungen bald aufgeben und die Lieferung wieder an die Fahrer des Unternehmens abgeben. Er ist zwar hartnäckig, aber ich bin es auch.«

Stella war froh, zu dieser Aussprache mit Michael gefunden zu haben. Er war ihr sehr wichtig. Sie wollte ihn als Freund nicht verlieren. Ob die Liebe noch einmal aufflammen würde? Aber sie musste vielleicht nicht komplett auf seine Nähe verzichten und ihm nicht mehr aus dem Weg gehen.

»Hauke ist aus deinem Leben tatsächlich verschwunden?«, fragte Michael.

»Er ist das schlechte Gewissen in Person. Wir telefonieren und schreiben uns regelmäßig.«

Michael zuckte leicht zusammen, vorhin hatte es sich ganz anders angehört.

»Aber in diesem Fall habe ich mich bemüht, deinem Wunsch, ich möge erwachsen werden, nachzukommen. Hauke und seine Lebensweise passen nicht zu mir. Ich möchte ihn jedoch als Freund nicht verlieren.«

»Glaubst du, wir könnten noch eine gemeinsame Zukunft haben? Ich liebe dich, Engel, da können auch der Pommes-Fuzzi und Hauke nichts daran ändern.«

Unter den prüfenden Blicken Michaels senkte Stella ihr Kinn. Tränen schimmerten in ihren Augen.

»Ich weiß es nicht«, lautete ihre ehrliche Antwort. »Unsere Aussprache und dass wir hier sitzen, bedeutet mir unendlich viel. Mehr kann ich dazu nicht sagen.«

Nie waren ihre Gefühle für Michael so präsent gewesen.

Nebeneinander im Auto, mit dem Blick auf dem Husumer Hafen. Stella war froh über die Aussprache. Vielleicht gab es ja doch eine Zukunft für sie und Michael. Er hatte ihren Ausrutscher mit Hauke ruhig hingenommen, dennoch glaubte Stella eine Zurückhaltung zu spüren. Sie würde es verstehen, wenn Michael ihr das nicht verzeihen könnte. Trotzdem hatte sie sich schon lange nicht mehr so geborgen gefühlt. Seine Nähe gab ihr auf eine unerklärliche Weise Kraft.

»Komm, lass uns essen gehen, sonst verhungern wir hier direkt vor dem Restaurant.« Michael zwinkerte ihr zu und öffnete die Autotür.

»Ich weiß gar nicht, ob ich etwas herunterbekomme«, sagte Stella bedauernd. Michael grinste.

»Ich habe auch keinen Hunger, aber vielleicht kommt er ja noch. Auf jeden Fall trinken wir etwas.« Beim Überqueren der Straße nahm Michael vorsichtig Stellas Hand. Sie erzeugte einen leichten Druck, um ihm zu zeigen, dass es ihr guttat und sie nichts dagegen hatte. Beide spürten das kleine Pflänzchen Hoffnung wachsen. Alles Weitere würde die Zeit ergeben.

Glücklich erreichte Stella später den Hof. Sam hatte die Halle aufgeräumt. Zufrieden sah sie sich um. Da gab es nichts zu meckern. Stella fand keine Rückstände seiner Treckeraktion. Sie hörte ihn im angrenzenden Bad, das für schwere Schmutzfälle vorgesehen war, er drehte das Wasser der Dusche auf. Überrascht bemerkte Stella eine weitere Stimme. Jan.

»Darf ich helfen?« Stella hielt die Luft an.

»Also doch,« flüsterte sie und verließ eilig die Halle, in der ihr Bruder offenbar die Erfüllung seines Lebens fand.

Treffen der Könige

Ramona erwartete Stella ungeduldig.

»Warum hat das so lange gedauert?«, empfing sie Stella mit vorwurfsvollem Ton. Das Café war gefüllt mit ungeduldigen Gästen. Ramona musste die Terrasse zusätzlich übernehmen.

»Zum Glück wollten beinahe alle draußen in den Strandkörben sitzen. So hatte ich einen besseren Überblick. Tobias König sieht ebenfalls ununterbrochen auf die Uhr. Seine Anwesenheit war für mich äußerst nervig. Schmunzelnd sitzt er in Sichtweite und beobachtet mich seit Stunden, während er auf dich wartet.«

Stella tat es unendlich leid, sie hatte dieses Chaos bereits befürchtet.

»Was will der Gockel bloß hier. Er hat noch nicht einmal etwas bestellt. Nimmt nur Platz weg«, grummelte Ramona leise.

»Es tut mit wirklich leid, dass ich so spät komme. Aber nun bin ich ja da.« Eilig steckte Stella ihre Geldbörse in die Hosentaschen und bewaffnete sich mit einem neuen Notizblock.

»Hm, dann versorg mal deinen König da drüben. Ich glaube, er will nur bei dir die Bestellung aufgeben. Der hockt schon seit Stunden hier und will nichts essen. Jeden anderen hätte ich längst auf die Straße geschickt.« Ramona war sehr ungehalten und schlecht gelaunt. So kannte Stella ihre Freundin nicht. Erstaunt sah sie ihr ins Gesicht.

»Ich muss gleich mit dir sprechen, es ist wichtig«, sagte Ramona. »Treffen in fünf Minuten im Keller?«

Stella nickte verunsichert. Hatte sie Ramona zu lange alleingelassen? Oder wollte sie die Kündigung? Sie nahm eine Bestellung auf und brachte sie in die Küche. Dann gab Stella Ramona ein Zeichen, ihr zu folgen. Im Vorratskeller herrschte ein wildes Durcheinander. Niemand hatte bisher Zeit gefunden, Ordnung zu schaffen. Der Betrieb oben ließ einfach keine Zeit dafür. Stella sah Ramona an, als sie die Treppe herunterpolterten.

»Wir müssen etwas unternehmen«, begann Ramona sofort und öffnete die Tür zum Kühlraum. Sie holte mehrere Packungen Currywurst hervor und warf sie auf den Tisch. »Schau mal, Schimmel in fünf Gebinden. Die Pommes habe ich auch schon sortiert, auch die sind größtenteils nicht mehr genießbar. Ich fürchte, da musst du deinem Lieferanten kräftig auf die Füße treten. Nicht auszudenken, wenn diese Ware auf den Tisch der Gäste gelangen würde.«

Stella wusste, wenn das bekannt werden würde, wäre ein Einsatz des Veterinäramtes nicht weit. Sie hielt den Atem an. Das könnte zur vorübergehenden Schließung führen und dem Ruf der *Pommes-Königin* für lange Zeit schaden.

»Ramona, wie gut, dass du es gleich bemerkt hast.«

»Es war nicht so schwer. Die Wurst ist so was von glitschig. Einfach ekelhaft.«

»Sind noch mehr verdorbene Pakete dabei?«

»So wie es aussieht, sind das alle hier.«

Stella stöhnte.

»Warum kann nicht mal etwas glatt laufen?«

»Du hast zum Glätten deinen König da draußen.« Ramona zeigte nach oben.

»Ach, du lieber Himmel, apropos da draußen, wir müssen wieder hoch und unsere Gäste versorgen.« Stella erschrak. Wie schnell die Zeit verflogen war! Die Frauen stürmten die Treppe hinauf, um sich wieder um das Wohl ihrer Gäste zu kümmern.

»Mach du den König mal fett«, rief Ramona ihrer Chefin zu. »Ich schmeiß den Laden noch eine Weile allein.«

Stella gab ihr ein Zeichen, dass sie verstanden hatte. Stella war sauer. Tobias hatte ihr einwandfreie Ware zugesichert und sie hatte darauf vertraut. Wie konnte so etwas nur passieren? Gedankenverloren ging sie in die Küche. Lars hatte alle Hände voll zu tun. Als er Stella erblickte, hielt er inne.

»Chefin, gut, dass du da bist. Wir brauchen dringend Verstärkung. Hast du schon etwas erreichen können? Bitte nicht bei der Agentur für Arbeit anfragen, die schicken uns nichts Gescheites.«

»Ich bin dran. Hast du eine warme Suppe?«

»Nur eine Bestellung für die Terrasse.«

»Gib sie mir bitte. Ich brauche sie dringend.« Fragend sah Lars sie an. »Erkläre ich dir später. Sie nahm den dampfenden Teller entgegen, um sie Tobias zu servieren. Stella wollte die Sache erst einmal diplomatisch angehen. Sie legte das Brot auf den Tellerrand und eilte, so gut es mit dem vollen Teller ging, zu Tobias. Dieser sah ihr überrascht entgegen. Als sie die heiße Suppe vor ihm abstellte, erhellte sich sein Gesicht.

»Großartig, die Chefin weiß, was ihre Kunden wünschen, vielen Dank.«

Stella nahm den Platz gegenüber ein. Spöttisch sah Tobias sie an.

»Nanu, hast du nichts zu tun? Willst du endlich mit mir essen? Wir können gerne ein anderes Lokal aufsuchen.«

Stella blicke ihn zornig an, trotzdem blieb sie ruhig und es gelang ihr sogar ein Lächeln.

»Tobias, wir beide haben ein riesiges Problem«, begann sie leise. »Ich bin ein wenig schockiert, die Currywurst, die du mir geliefert hast, ist verdorben.« Gespannt beobachtete sie seine Gesichtszüge. Er blieb äußerlich völlig entspannt. Nur eine Augenbraue zog er hoch.

»Oje, habt ihr die Kühlkette unterbrochen, was?« Etwas

lauter fügte er hinzu: »Du hast Schimmel an deinen Pommes?«

Stella rutschte auf ihrem Stuhl hin und her. Verstohlen beobachtete sie die Gäste. Niemand nahm Notiz von ihrem Gespräch mit Tobias.

»Die Ware ist gestern geliefert worden. Außerdem habe ich nicht von Pommes gesprochen. Wie kommst du darauf?« Prüfend betrachtete sie ihn. Hatte er etwas zu verbergen? Woher wusste er von dem Zustand der Ware? Er schlürfte seelenruhig die Suppe. Zwischendurch grinste er sie süffisant an.

»Du musst schon auf deine frische Ware aufpassen. Aber deine Suppe hat keinen Schimmel?« Provozierend erhob er erneut die Stimme.

Stella beugte ihren Oberkörper vor. Sie zischte:

»Hör sofort auf damit, Tobias König. Ich finde deine Kommentare überhaupt nicht witzig. Wenn du mich weiter beliefern willst, solltest du dir etwas einfallen lassen.«

»Du drohst mir?« Lachend lehnte er sich zurück und begann einer Möwe Brotkrummen hinzuwerfen.

»Bitte lass das, die Möwen dürfen nicht gefüttert werden. Das gibt nur Ärger.« Die Möwen würden in Scharen auftauchen und die Gäste belästigen.«

Tobias warf unbeirrt weiter Krumen in die Luft.

»Und Ärger wollen wir nicht. Hab ich recht, Stella?« Er sprach leise, dabei ließ er seinen Blick zu den Gästen schweifen.

»Ich verstehe es zwar nicht, aber ich suche mir einen anderen Lieferanten. Du bist raus.« Stella wollte aufstehen und den Tisch verlassen, doch Tobias hielt sie zurück.

»Wir haben einen Vertrag vereinbart, so einfach ist das leider nicht.«

Stella ließ sich auf den Stuhl zurückfallen.

»Du hast die Bedingungen nicht erfüllt. Ich kann keine

verdorbene Ware gebrauchen. Was willst du eigentlich von mir?«

»Von dir? Nichts. Verkaufe mir doch die *Pommes-Königin*, dann bist du alle Sorgen los.« Er betrachtete seine Fingernägel. Jetzt sah er Stella an.

»Spinner, die gehört mit gar nicht, da musst du meine Verpächterin kontaktieren. Trudi wird dich zum Teufel jagen.«

Sein Gesicht verfinsterte sich. Mit geschlitzten Augen sah er Stella an.

»Mal sehen, ob sie es immer noch tut, wenn bei dir das Veterinäramt den Laden schließt.«

Stella behielt die Fassung, sie hatte zum Glück jede Lieferung dokumentiert. Datum und Chargennummern waren festgehalten. Tobias allein würde den Kürzeren ziehen. Das behielt sie jedoch für sich. Sollte er mal kommen. Sie würde ihm zeigen, wo der Hammer hing. Sie würde siegen. Für dieses Mal grinste sie zufrieden.

Stella verließ ihren Platz, um Ramona zu unterstützen. Im Gastraum schossen ihr jedoch die Tränen ins Gesicht. Jetzt erst bemerkte sie, wie belastend das Gespräch mit Tobias gewesen war. Ramona ging ihr besorgt nach. Stella berichtete ihr vom Ausgang des Gespräches.

Ramona war fassungslos.

»Was für Menschen dürfen sich eigentlich auf dieser Welt aufhalten?« Sie versuchte, ihre Freundin zu trösten, obwohl sie selbst vor Wut schäumte.

Sie bemerkten nicht, dass Michael ins Café kam. Er sah die Frauen besorgt an.

»Hab ich etwas verpasst? Was ist los mit euch?«

Ramona erzählte ihm von den Vorfällen mit dem König.

Michael ballte die Fäuste. »Ist der Kerl noch da?« Suchend sah er zur Terrasse. »Der kann was erleben.« Michael wollte hinauseilen.

»Nein, er ist weg. Aber ich glaube, ich bin ihm gewachsen.

Keine Sorge.« Stella zerrte an seinem Hemd. Es fehlte ihr noch, dass Michael eine Schlägerei vom Zaun brach. Sicher war sie trotzdem nicht, ob Tobias wirklich gegangen war. »Warum, bist du eigentlich hier? Noch mehr Ärger vertrage ich nicht«, zischte Stella bissig.

»Ich mache doch keinen Stress.« Vorwurfsvoll sah er sie an. Ramona, die ihre Chefin schützen wollte, stellte sich dazwischen.

Lars rief aus der Küche. »Ist noch jemand da? Oder soll ich auch die Bedienung übernehmen?« Grimmig und schweißgebadet steckte er den Kopf zur Tür hinaus. Ramona und Stella packte das schlechte Gewissen. Schnell nahmen sie ihre Arbeit wieder auf.

»Ich habe zwei Frauen, die Arbeit suchen, ich lege dir die Kontaktdaten auf den Tresen. Mir scheint, es wird höchste Zeit für Verstärkung.«

Stella gab ihm schnell einen Kuss auf die Wange, bevor sie auf die Terrasse eilte. »Danke, dich schickt der Himmel. Wir telefonieren heute Abend?« Sie wartete keine Antwort ab.

Erst am späten Abend blieben die Gäste aus. Müde räumten Stella und Ramona den Gastraum auf. Die Terrasse war menschenleer und die Decken in der dafür vorgesehenen Kiste verstaut. Ein letzter Kontrollblick und es durfte endlich der Feierabend beginnen. Stella hatte nun die Gelegenheit, Ramona vom Notar und von dem anschließenden Zufallstreffen mit Michael zu erzählen. Mit geschwollenen Füßen hockten die Frauen auf einem Barhocker und genehmigten sich einen Prosecco. Stella sah auf den Zettel mit den Adressen der Mädels, die ihr Team gerne bereichern wollten. Sie hob die Notiz hoch.

»Da werde ich morgen gleich anrufen. Wenn wir auch noch für Lars eine Hilfe bekommen, sind diese Probleme zumindest gelöst.« Stella dachte an Tobias König. Sie hoffte, er würde ihr keine Schwierigkeiten bereiten. Sie fürchtete ihn zwar nicht, hatte jedoch keine Lust auf Streitigkeiten.

»Soll ich dich nach Hause fahren, Ramona?«

»Ich bin zwar müde, aber nein danke, ich brauche noch ein wenig frische Luft um die Nase.« Sie lachte Stella zu. Als sie gemeinsam vor die Tür traten, glitzerten die Sterne vom Himmel. Stella sah hinauf und lächelte ihren Schwestern zu. Die Zuversicht der Sterne konnte sie an diesem Tag besonders gut gebrauchen.

Herzflimmern

Als Stella zu Hause die Küche betrat, wunderte sie sich nicht, dass sie dort Sam und Jan vorfand. Es war schon spät und Sam ging für gewöhnlich zeitig ins Bett. Sie saßen dicht nebeneinander. Sam rückte etwas von Jan ab, als er Stella bemerkte. Jan jedoch schloss gleich wieder auf. Sam duldete es und grinste seiner Schwester verschämt zu. Stella riss die Augen auf, fing sich aber gleich wieder.

»Hallo, Jungs, ihr seid noch auf? Habt ihr noch ein Bier für mich?«

Sam sprang sofort auf, um Stellas Wunsch zu erfüllen. »Du siehst müde aus, Schwesterherz, du solltest dich bald um eine zusätzliche Servicekraft bemühen. Das hältst du nicht lange durch.« Mit besorgtem Blick reichte er ihr das Bier.

»Unkraut vergeht nicht.« Sie nahm einen großen Schluck aus der Flasche und zog den Zettel hervor. »Morgen kümmere ich mich darum. Michael hat mir zwei Adressen gebracht. Er meinte, die Damen wären vielversprechend. Ich lass mich mal überraschen.« Sam hatte wieder neben Jan Platz genommen. Sie sah von einem zum anderen.

»Gibt es etwas Neues zu berichten?«

Sam nickte nur und schwieg. Verliebt sah er zu Jan.

»Ich verstehe. Ich freue mich für euch.«

»Wirklich?« Sam lauerte auf ihre Reaktion.

Stella lachte vergnügt. »Wirklich.« Sie zwinkerte Sam zu. »Ich hoffe, du versteckst dich nicht wieder.«

Jan blickte zu Sam.

»Nein, werde ich nicht, versprochen.« Sams Augen leuchteten. Jan lächelte glücklich.

»Änderst du deinen Plan, nach Kanada zu gehen? Oder wird Jan dich begleiten?«

»Wir wollen uns die vier Wochen gemeinsam zu Gemüte führen und danach eine Entscheidung treffen. Bis dahin haben wir uns auch besser kennengelernt, um unsere Zukunft zu planen.«

»Dann brauchen wir auch Ersatz für Jan.«

Jan blinzelte sie verschmitzt an. »Hab ich schon gefunden, mein Vater und Bruder würden einspringen, ich habe eben mit ihnen telefoniert.«

Stella strahlte:

»Prima.«

Sie wünschte den Turteltauben eine gute Nacht, ließ die halbleere Bierflasche stehen und ging in ihr Zimmer. Sie warf ihren müden Körper auf das Bett und streifte die Schuhe erst im Liegen von den schmerzenden Füßen ab.

»Ist das sportlich«, stöhnte sie leise. Ihr fielen die Augen zu. Ruckartig saß sie wieder auf der Bettkante, zog ihre Kleider aus und huschte doch noch ins Bad. Mühsam stieg sie unter die Dusche. Sämtliche Küchengerüche hafteten an ihr, unmöglich so ins Bett zu gehen. Schließlich wollte sie nicht von der *Pommes-Königin* träumen, sondern von jemand anderem. Dabei fiel ihr ein, dass sie noch mit Michael telefonieren wollte. Mit einem bedauernden Blick zur Uhr vermutete sie, dass er bestimmt schlafen gegangen war. Stella lag wieder auf dem Bett und sah zur Zimmerdecke. Ein SMS-Signal ertönte.

»Schläfst du schon, oder arbeitet du noch?«

Überrascht sah Stella auf ihr Handy. Er wartete also noch auf ihren Anruf. Sofort klingelte sie bei ihm durch.

»Sorry, aber ich bin eben erst nach Hause gekommen. Ich wusste nicht, ob ich dich so spät noch stören darf.«

»Zu jeder Tages- und Nachtzeit, Frau Engel. Schön, deine Stimme zu hören. Wie war dein Tag? Entschuldigung, in Anbetracht der Probleme mit dem König ist die Frage wohl überflüssig.«

Stella lachte.

»Aber davon abgesehen war mein Tag wunderbar.« Beide schwiegen. Dann räusperte Michael sich.

»Stella, wenn du Glück mit den Mädels hast und du dich mal freimachen kannst, wollen wir am Wochenende etwas unternehmen?«

»Das wäre zu schön, um wahr zu sein. Gerne, ich freue mich darauf. Auch wenn ich noch keine Ahnung habe, wann es sein wird. Am Wochenende ist es schwierig. Und ich habe montags frei, aber du leider nicht.«

»Hm, hört sich schwierig an.«

»Ja.« Stella schluckte. Michaels Stimme tat ihr gut. Ihr Herz klopfte. »Wir müssen nun schlafen, ich bin hundemüde. Morgen wird wieder ein langer Tag. Schlaf gut Michael.«

»Du auch, Engel«, hauchte er ihr ins Ohr. Mit einem Glücksgefühl schlief Stella ein.

Ein perfektes Team

Stella saß am Fenster ihres Cafés. Während sie auf Dörte Hofer und Ella Klein wartete, trank sie gedankenverloren einen Kaffee. Ihr Blick wanderte immer wieder zu Ramona. Sie wirkte nervös und fahrig. Fast wäre ihr ein Tablett mit Gläsern zu Boden gefallen. Ihre Haare standen, mehr als sonst, in alle Richtungen. Um die Haarpracht einigermaßen zu bändigen, hatte sie einen Zopf gebunden. Hektisch sah Ramona immer wieder auf ihre Armbanduhr. Stella runzelte die Stirn. Was war nur mit ihrer Freundin los? Stellas Frage, ob es ihr nicht gut ginge, schmetterte sie mit einem albernen Kichern ab.

»Alles gut, Chefin. Mir geht es bestens.« Mit den Fingern drehte sie ihren Zopf und ließ ihn wieder los. Ihre Augen flatterten dabei. Stella war in Sorge. Nach dem Vorstellungsgespräch mit Dörte und Ella wollte sie Ramona noch einmal zu einem Gespräch auffordern. Es schien sie etwas zu bedrücken. Stella sah aus dem Fenster. Sie entdeckte zwei Frauen, die unschlüssig vor dem Café stehen geblieben waren. Sie nickten sich zu und zupften an ihrer Kleidung herum. Fast im Gleichschritt gingen sie auf die Eingangstür zu.

»Das müssen sie sein«, dachte Stella erleichtert. Sie blieb ruhig auf ihrem Platz sitzen und taxierte die Damen.

Mit offenen Mündern sahen sie sich um. »Oh, ist das schön hier.«

Stella grinste verstohlen und erhob sich aus ihrer Beobachtungsecke. Lächelnd ging sie auf die Frauen zu.

»Moin, schön, dass ihr da seid, ich freue mich.« Stella reichte den sichtlich nervösen Mädels die Hand und gab sich als Chefin zu erkennen. »Wollen wir uns setzen?« Stella wies auf den Tisch, an dem sie zuvor gesessen hatte. Hier hatte sie vor einigen Monaten mit Ramona gesprochen. Insgeheim hoffte sie, dass dieser Tisch ihr erneut Glück bringen würden. Dörte und Ella machten auf den ersten Blick einen netten Eindruck, der sich im Laufe des Gesprächs weiterhin verstärkte. Die beiden waren Schwestern und arbeiteten zuletzt auf Sylt bei Saskia Thomsen. Der Wunsch, wieder auf dem Festland zu leben, war in den letzten Monaten so sehr gewachsen, dass sie zunächst auf den elterlichen Hof zurückgekehrt waren. Dörte und Ella verfügten über ausgezeichnete Zeugnisse. Saskia Thomsen hatte sie sicher nur ungern ziehen lassen.

»Ramona, bringst du uns einen Kaffee? Oder möchtet ihr etwas Anderes trinken?«

»Kaffee wäre großartig.« Dörte sah ihre Schwester an, um sicher zu gehen, dass diese ebenfalls einverstanden war. Ella, die stillere der beiden, nickte. Ramona eilte mit dem Gewünschten herbei. Sie sah niemanden an und wollte gerade wieder an ihre Arbeit gehen, als Stella sie aufforderte, sich zu setzen. Nur zögernd, nahm Ramona auf der Stuhlkante Platz.

»Ich möchte euch Ramona vorstellen. Wenn ich nicht anwesend bin, ist ihr Wort Gesetz in diesem Haus. Sie ist euch gegenüber weisungsbefugt und meine unentbehrliche rechte Hand.« Stella zwinkerte Ramona zu. Sie sollte keine Angst um ihren Platz im Team haben. Sie hoffte, dass ihre Freundin nun beruhigter war. Erstaunt musste sie jedoch feststellen, dass sie damit genau das Gegenteil erreicht hatte. Verwirrt richtete Stella ihre Aufmerksamkeit wieder auf Dörte und Ella.

Ramona erhob sich unsicher. »Ich muss den Kühlraum aufräumen, bevor die Gäste eintrudeln«, stammelte sie und warf beim Aufstehen fast den Stuhl um. Stella sah sie fragend an. Ramonas Lächeln erfror in ihrem Gesicht. Ihre Augen wirkten unruhig. Stella war verunsichert. Fand Ramona keinen Gefallen an Dörte und Ella? Sie nahm sich vor, die beiden Frauen auf die Zusage warten zu lassen, bis sie mit Ramona gesprochen hatte. Sie würden ihnen versprechen, sie am Abend anzurufen.

Dörte sah Ramona nach. Auch sie spürte die negative Ausstrahlung, die von der schönen Frau ausging.

»Ab wann könntet ihr anfangen, sollten wir uns einig werden?«

Nun rührte sich Ella, die stille Person kam plötzlich in Fahrt. »Also wir können die Arbeit sofort aufnehmen, ganz wie du möchtest«, sagte sie etwas schnell.

Stella grinste. »Sehr gut, ich rufe euch heute Abend an, um mit euch ein Probearbeiten zu verabreden. Einverstanden?«

Dörte und Ella nicken enttäuscht. Sie schienen ihre Hoffnung auf einen Arbeitsplatz verloren zu haben. Arbeiten auf Probe klang für sie offenbar nicht nach Vertrauen.

Stella verabschiedete Dörte und Ella herzlich. Sie seufzte, als sie den beiden auf der Straße nachsah. Sie war nicht ganz bei der Sache gewesen, aber Stella war zufrieden mit den Aussagen und Zeugnissen, die ihr vorgelegt worden waren. Ramonas Reaktion hatte sie dagegen verunsichert. Hatte Ramona Einwände gegen Dörte oder Ella? Vielleicht gegen beide? Sie musste der Sache auf den Grund gehen. Stella war froh, dass Trudi zur Tür hereinschneite. Sie wollte ihren Platz am Tresen einnehmen, doch Stella wusste es zu verhindern. Sie reichte Trudi ihr Kellner-Portemonnaie und sah sie flehend an.

»Bitte, ich brauche deine Hilfe.«

Milde lächelnd nahm Trudi ihr die Geldbörse ab. »Geht klar, mach dir keine Sorgen. Ist Ramona da? Oder bin ich den Gästen hier alleine ausgeliefert?« Sie grinste Stella verschmitzt an und sah sich um, ob Ramona irgendwo herumwuselte.

»Du bist für einen Moment allein. Ich kann dir noch nicht einmal sagen, für wie lange.« Stella zog die Stirn in Falten.

»Na, dann mal los.« Trudi rutschte vom Barhocker. Dankbar gab Stella ihr einen Kuss auf die Wange.

Stella fand Ramona im obersten Stockwerk. Beflissen entstaubte sie die Möbel. Ziemlich unnötig, wie Stella fand. Was sollte diese Alibiaufgabe?

»Ramona, Keller!«, ordnete sie mit Nachdruck an und ging vor. Ramona ließ das Staubtuch einfach fallen und folgte ihrer Freundin sichtlich nervös. Ihr war offenbar klar, dass sie nun die Katze aus dem Sack lassen musste. Stella würde nicht lockerlassen, bevor sie wusste, was mit ihr los war. Im Keller angekommen, drehte Stella sich zu ihr um. Sie stemmte die Hände in die Hüften.

»Hast du etwas gegen Dörte und Ella? Warum bist du so komisch? Wir können doch über alles reden. Wenn sie dir nicht gefallen, sag mir, warum, und wir überlegen uns gerne etwas Neues. Aber bitte sei nicht so, wie du gerade bist. Es macht mich fertig.« Mit hochrotem Kopf begann Stella zu zittern. Sie hatte noch nicht gefrühstückt und es war bereits Mittag.

»Stella«, begann Ramona vorsichtig. »Das ist eine längere Geschichte, wir sollten es auf einen anderen Zeitpunkt verschieben.«

»Wir haben Zeit«, bestimmte Stella mit fester Stimme.

Ramona zappelte unruhig herum. Sie sah verzweifelt zur Kellerdecke und wandte sich wie ein Aal im Netz. »Es ist kompliziert …«

»Einfach kann jeder, also raus damit.«

»Es ist … ich schäme mich so … es ist etwas passiert, womit ich nicht rechnen konnte.« Schuldbewusst grinste sie schief. »Na ja … ich habe mich verliebt.«

Stella entspannte sich schlagartig. Sie strahlte Ramona an und gluckste. »Großartig, Liebes, was ist so schlimm daran?

Ich freue mich doch für dich. Was hast du denn gedacht?« Lachend schwang sie ihre Freundin herum. Als sie in Ramonas Augen sah, hielt sie inne. Ramona nickte unter Tränen. Stella bekam nun eine Ahnung davon, was dies für sie bedeuten könnte. Sie beugte ihren Körper vor und schlitzte die Augen.

»Du willst fort?«, flüsterte sie betroffen. Stella drehte sich um und stampfte mit dem Fuß auf. »Verdammt, Ramona …«

Schnell ergriff Ramona das Wort. »Ich konnte es kaum ertragen, Geheimnisse vor dir zu haben. Zu gerne hätte ich dein Angebot, mich nach Hause zu fahren, angenommen. Nach dem langen Tag neulich. Theo wartete auf mich vor meiner Wohnung. Ich wollte nicht, dass du Verdacht schöpfst. Auch wenn ich die harte Arbeit in der Gastronomie gewohnt bin, die Stunden in der *Pommes-Königin* forderten mich an diesem Tag enorm. Er hatte mir eine Nachricht geschrieben. Sein Porsche parke direkt vor meiner Tür. Letzte Woche, an meinem freien Montag, habe ich ihn in Husum kennengelernt.« Ramona war offenbar sofort Feuer und Flamme für diesen Mann gewesen. Dabei hatte sie stets behauptet, nie etwas mit einem Urlauber anzufangen, nun schien es völlig um sie geschehen zu sein.

Stella betrachtete ihre Freundin skeptisch. »Nur, weil du vergangene Woche diesen Theo kennengelernt hast, brichst du alle Brücken in SPO ab?« Stella war verwirrt. Ramona hingegen erzählte unbeirrt weiter.

»Theo hatte mich am Außenhafen nach dem Weg gefragt, wie ich nun mal bin, hatte ich ihm eine Stadtführung vorgeschlagen, die Theo nicht abschlug«. Ramona schilderte ihn als ein Bild von einem Mann. Freundlich, zuvorkommend, gutaussehend und unbeschreiblich männlich. Seine Augen hatten es ihr besonders angetan. Diese grünen, alles erforschenden und sanften Augen.

»Nie war ich mehr versunken. An Theos Seite lache, träume und weine ich vor Freude. Leider hat Theo ein gutgehendes Restaurant. Dies hätte zur Folge, dass eine Fernbeziehung äußerst schwierig werden könnte.« Ramona würde ihm auch nachfolgen, so verliebt war sie in ihn. Stella hatte natürlich keine Ahnung von ihren Plänen gehabt.

»Theo bittet mich inständig, ihn zu begleiten. Diese heimliche Liebe nagte an meinem schlechten Gewissen. Ich wollte dir von meinen verrückten Plänen erzählen, aber ich wusste noch nicht, wie ich dir das erklären sollte.«

Ramona gestand, dass sie hoffte, dass drei Wochen reichen würden, um sich endgültig von SPO zu verabschieden. Theo würde zurück nach Hause fahren. Wenn es nach ihm ginge, sollte Ramona ihm sofort folgen. Stella wurde es unheimlich. Wie konnte es möglich sein, dass Ramona so kopflos handelte? Dieser Theo musste ein Wahnsinnstyp sein. Dagegen hatte sie keine Chance, Ramona am Weggehen zu hindern.

»Nachdem ich mich von dir verabschiedet hatte, habe ich mit mir gerungen, sollte ich wirklich mit ihm nach Hamburg gehen? Als ich dann mit klopfendem Herzen in meine Straße bog, war es für mich keine Frage mehr. Schon von Weitem erkannte ich seinen Sportwagen. Theo wartete dort auf mich.« Sie lachte laut. »Ich nahm nur die Beine in die Hände und eilte zu ihm, um überglücklich in seine Arme zu sinken.« Ramona sah Stella flehend an.

»Bitte verstehe mich,« leise fügte sie hinzu, »er nennt mich meine rote Zora.«

Stella verdrehte die Augen. »Ein unbeschreiblicher Liebesbeweis!« Sie gab sich keine Mühe, den Spott in ihrer Stimme zu verbergen.

Ramona ließ sich jedoch nicht beirren und schwärmte ungehindert weiter. »Er ist so liebevoll, er nimmt teil an meinem Leben. Er weiß wie hart die Arbeit in der Gastronomie sein kann. Theo wartet geduldig bis ich zurück bin. Ganz gleich ob ich nach Küche rieche, er schließt mich in die Arme. Ich bin angekommen, Stella.«

Stella seufzte. Sie musste sich damit abfinden, dass ihre Freundin der großen Liebe folgen wollte.

»Ich bleibe, solange du mich brauchst. Ich lasse dich nicht einfach hängen. Bitte … Stella, versteh mich doch.«

»Wohin gehst du?«, fragte Stella heiser.

»Hamburg. Siehst du, Liebes, es ist nicht aus der Welt, wir können telefonieren und uns gegenseitig besuchen, wenn die Zeit es zulässt«, sagte Ramona kleinlaut. Mit gesenktem Kopf blickte sie auf ihre Füße. Stella schwieg erschüttert. Ramona war eine der wichtigsten Personen in ihrem Leben geworden. Wie sollte sie ohne sie auskommen? Er war offenbar die große Liebe, auf die sie so lange gewartet hatte. Ramona schlang die Arme um ihren schlanken Körper, als ob sie fror. Stella ließ die Schultern hängen und hockte sich auf den Stuhl neben der Kühlung. Sie fühlte sich kraftlos und alleingelassen. Sie schielte zu Ramona, der es augenscheinlich nicht besserging. Schweigend verharrten sie in ihrer unbequemen Situation.

»Freust du dich denn gar nicht ein bisschen für mich?«, jammerte Ramona.

Stella richtete ihre Augen auf Ramona. Sie sprang auf und nahm ihre liebste Freundin in den Arm. »Aber natürlich freue ich mich für dich. Ich wünsche dir alles Glück dieser Welt. Ich werde dich nur so sehr vermissen. Ich weiß nicht, ob ich ohne dich klarkomme.« Stella seufzte kläglich.

»Entschuldige, dass ich dir solchen Kummer bereite. Aber ich kann nicht anders, ich muss Theo nach Hamburg folgen. Irgendwann.«

»Ramona, ich freue mich wirklich für dich, auch wenn ich es gerade nicht so zeigen kann.« Stella grinste. Plötzlich begann sie zu kichern.

»Wir sind schon wie ein altes Ehepaar. Das kann nicht so weitergehen. Mach, dass du Hamburgerin wirst.«

Ramona fiel ein Stein vom Herzen. Stella konnte schon

wieder lachen. Auch wenn beiden im Augenblick schwer ums Herz war, würden sie für immer Freundinnen bleiben.

»Wie findest du Dörte und Ella? Kann ich jetzt eine Antwort bekommen?«

»Ich habe nicht so sehr darauf achten können, aber ich denke, sie passen ins Team. Leider musst du nach meinem Weggehen eine weitere Kraft finden.«

»Ich werde Dörte und ihre Schwester heute Abend anrufen und ein Probearbeiten vereinbaren. Danach sehen wir weiter.«

»Mach es am besten gleich, sie warten bestimmt sehnsüchtig auf deinen Anruf. Lass sie nicht zappeln.« Ramona stupste Stella an. Sie umarmten einander und gingen wieder an die Arbeit. Trudi hatte inzwischen sicher Stress. Als sie den Gastraum betraten, war er überfüllt mit Gästen. Es hatte zu regnen angefangen, so dass alle drinnen saßen. Trudi wirkte ruhig und entspannt. Wie hatte sie nur den Überblick behalten können? Dörte kam von oben herunter, mit einem Tablett voller Gläser auf dem Arm. Gekonnt balancierte sie die Last zum Tresen. Ella nahm ihr die benutzten Gläser ab und spülte sie sogleich. Stella staunte nicht schlecht.

»Hallo, wo kommt ihr denn her?«

Trudi stellte sich neben Stella. »Dörte hatte ihre Handtasche vergessen. Sie kam zurück, als ihr im Keller eure Diskussionen geführt habt. Übrigens sehr lautstark. Nun weiß jeder in SPO, wie es in der *Pommes-Königin* zugeht. Die Hütte hat sich gefüllt, also hatten die beiden spontan ihren ersten Einsatz. Sehr patente Mädels, Glückwunsch.« Trudi lächelte zufrieden.

Stella hielt die Luft an. Sie war überwältigt. Endlich klappte alles so, wie sie es lange sehnsüchtig erwartet hatte. Beherzt nahm sie Trudi die Geldbörse wieder ab und schickte sie in die verdiente Pause.

»Danke Trudi, du bist ein Schatz.«

»Ich weiß.« Verschmitzt grinste sie Stella an und fiel auf ihren Barhocker. Dörte stellte ihr einen Kaffee hin, nicht ohne auch noch ein Stück Kuchen bereitzustellen.

»Guten Hunger, Trudi.« Sofort ging Dörte dazu über, eine neue Bestellung aufzunehmen.

Stella beobachtete das rege Treiben und war überaus zufrieden. Sie hatte ein perfektes Team um sich herum.

Stella blickte aus dem Fenster. Dort sah sie eine männliche Gestalt, die ihr bekannt vorkam. Sie hielt einen hellen Sommermantel über dem Arm, das verhärtete Gesicht in den Regen gerichtet. Das Wasser lief an ihm herunter und endete als Pfütze zu seinen Füßen. Holger. Stella erstarrte. Warum konnte nicht ein einziger Tag glatt laufen? Sie hatte in keinster Weise Lust, mit Holger Diskussionen zu führen. Sollte sie ihn hineinbitten? Nein, sie fand genau dort, in den Regen, gehörte er hin. Wenn er nicht von selbst auf die Idee kam, seine nassen Kleider bei ihr zu trocknen, sollte er ruhig Wurzeln in den Asphalt schlagen.

»Die Rechnung, bitte.« Ein Gast lenkte Stella von der Straße ab. Sie kassierte und wünschte einen angenehmen Tag. Als sie erneut einen Blick zur Straße riskierte, war Holger verschwunden. Stella rieb sich ihre Augen und schüttelte sich.

»Alles gut bei dir?« Ramona war an sie herangetreten und verfolgte ihre Blicke. »Es regnet, war sonst noch etwas?«

Stella schüttelte langsam den Kopf. »Wenn ich kein Gespenst gesehen habe, war da eben mein Ex. Triefend nass.«

Ramona lachte. »Wie kommst du darauf? Wunschdenken kann es nicht sein«, scherzte sie.

»Ich kenne ihn ausreichend und lange genug.« Bedauern lag in Stellas Stimme. Sie hätte trotzdem gerne gewusst, warum Holger unangekündigt aufgetaucht war. Lag Ärger in der Luft? Es wäre ihm durchaus zuzutrauen.

Glück

»So, Mädels, endlich Feierabend!« Stella klatschte vor Freude in die Hände. Ihr Team hatte sich gut bewährt. Alles lief wie am Schnürchen. Selbst Trudi hatte immer wieder wohlwollend genickt, während sie die Frauen bei der Arbeit beobachtet hatte. Irgendwann war sie vom Barhocker gerutscht, um nach Hause zu gehen. Der leere Platz erinnerte auch danach noch an ihre Anwesenheit. Ihr Parfüm lag in der Luft und ihre Zigarettenschachtel hatte sie zurückgelassen.

»Das war richtig gut heute«, bemerkte Ramona begeistert. Dörte und Ella strahlten beide um die Wette. Sie wussten, dass dieses Lob ihnen galt.

»Ich lade euch noch auf einen Absacker ein. Den haben wir uns verdient.«

Ramona entschuldigte sich: »Tut mir schrecklich leid, ich werde von Theo erwartet, er weiß ja noch nicht, dass er mich ab heute ganz legitim abholen kann.« Verschämt blickte sie Stella an.

»Auch das noch«, stöhnte Stella. »Er nimmt dich jetzt schon so in Beschlag, dass du nicht einmal mehr Zeit hast, mit uns einen Prosecco zu trinken.« Beleidigt schob Stella die Unterlippe vor. Doch dann grinste sie Ramona an, als diese traurig zu Boden sah. »Mach, dass du loskommst, morgen lässt du dich abholen, damit ich ihn kennenlerne.« Stella lachte und gab ihr einen Kuss.

»Danke, wir holen das nach, ganz bestimmt.« Erleichtert schwebte Ramona zur Tür hinaus. Im gleichen Moment betrat Michael die *Pommes-Königin.* Erstaunt blickte er der aufgeregten Ramona nach. Sie kam noch einmal zurück, um Stella anzubieten, den Frühdienst für sie zu übernehmen. Dörte und Ella würden ihr behilflich sein. In Anbetracht ihres Besuchs fand Stella den Vorschlag phantastisch. Sie war sich plötzlich sicher, dass der Abend nicht so schnell enden würde.

»Sieht so aus, als ob ich nun doch meinen Absacker bekomme.« Sie eilte auf Michael zu. »Schön, dass du da bist.« Sie hauchte ihm einen flüchtigen Kuss auf die Wange.

»Dörte und Ella kennst du ja, sie hatten heute ihren ersten großen Einsatz und sind super in unserem Team angekommen.« Stella strahlte, von Müdigkeit keine Spur mehr. Sie freute sich sehr über Michaels Besuch.

»Stella, wir müssen leider auch gehen, entschuldige bitte.« Dörte sah von Michael zu Stella, als wollte sie damit andeuten, dass sie ja nicht alleine war.

»Schade, aber ich verstehe euch. Vielen Dank für eure super Hilfe. Ich will euch mit ins Boot holen. Seid ihr morgen wieder da?« Die Schwestern nickten freudig. Sie griffen ihre Taschen und gingen hinaus.

Michael sah Stella lächelnd an. »Was machen wir mit dem angebrochenen Abend?«

Beide waren unsicher im Umgang miteinander. Einerseits gab es diese Vertrautheit, andererseits scheuten sie die Nähe. Langsam angehen, was bedeutete das? Diesmal machte Stella den ersten Schritt. Sie stand dicht vor ihm. Sie strahlte ihn an und nahm kurzentschlossen seine Hand.

»Wir gehen zum Strand«, bestimmte sie ausgelassen und klemmte sich eine Flasche Prosecco unter den Arm. Sorgfältig verschloss sie die Türen und warf wie immer einen letzten Blick auf ihr Gästeparadies. Dicht aneinandergekuschelt liefen Stella und Michael zum Strand. Leider waren alle Strandkörbe ordnungsgemäß verschlossen. So setzten sie sich in den Windschatten einer Düne. Michaels Nähe machte Stella glücklich. Zuversichtlich sah sie einer gemeinsamen Zukunft entgegen.

»Es war eine schöne Idee mich abzuholen.« Sie blickte versonnen dorthin, wo das Meer tosend an den Strand rollte. Es war dunkel geworden, vertraute und ungewohnte Schatten umgaben sie. Doch an Michaels Seite fühlte sie die Geborgenheit, die sie nun schon so lange vermissen musste.

Es war weit nach Mitternacht, als sie den Heimweg antraten. Es war empfindlich kühl geworden. Stella fror trotzdem nicht. Nach langen Gesprächen waren sie einander nähergekommen.

»Ich liebe dich, Frau Engel, und ich wünsche mir nichts sehnlicher, als dich immer bei mir zu haben«, hauchte Michael zärtlich. Stella lächelte glücklich. Sie erlaubte ihm, den Rest der Nacht bei ihr zu bleiben. Sie schlichen kichernd durch die Diele und huschten verstohlen in Stellas Zimmer.

Veränderungen

Der Sommer neigte sich dem Ende zu. Stella hockte teilnahmslos auf einem Sessel in Ramonas Wohnung. Der bequeme Ohrensessel würde keinen Platz in Ramonas neuer Bleibe finden. Stella wollte ihn als Andenken an ihre Freundin behalten. Ramona hatte ihre Sachen verstaut. Eine Zukunft erfüllt von Liebe lag vor ihr. Theo hatte sie etliche Male angerufen. Er kam um vor Aufregung. Ungeduldig erwartete er ihre Ankunft. Sie hatte vor Tagen von ihren Kolleginnen und Kollegen Abschied genommen. Auch wenn es ihr sichtlich schwerfiel, sie wollte nicht mehr zurück. Ramona und Theo waren in den letzten Monaten zu einer Einheit geworden, die Stella nicht für möglich gehalten hatte. Der Altersunterschied von zwanzig Lenzen war für beide nicht relevant.

Stella war vorbeigekommen, um ihr eine gute Fahrt zu wünschen. Ramona schien mit gemischten Gefühlen ihre leergeräumte Wohnung zu betrachten. Viele Jahre fühlte sie sich hier zu Hause. Ihr Rückzugsort, ihr Nest. Stella wusste das nur zu gut. Sie rief nun nach Ramona.

»Hier bin ich. Im Bad.« Ramonas Stimme klang heiser.

»Na, musst du dich rausputzen? Außer einer Klobürste sehe ich nichts Brauchbares«, kicherte Stella albern.

Ramona seufzte. »Ich weiß.«

Die Freundinnen standen regungslos voreinander. Keine fand die passenden Worte. Sie umarmten sich wortlos.

»Wir sind durch und durch Heulsusen, was?« Stella schob Ramona sanft von sich. »Mach, dass du loskommst. Ich bin in zwei Wochen in Hamburg. Darauf freue ich mich.« Entschlossen drückte sie ihre Freundin aus der Wohnung, um sie zu ihrem beladenen Auto zu führen.

»Tschüss, Liebes, pass auf dich auf«, flüsterte Ramona unter den erneut aufkommenden Tränen. Sie stieg umständlich ein. Stella schlug die Autotür mit einem Knall zu. Jede Faser in ihrem Körper schmerzte. An ihrem Vorsatz, Ramona unbeschwert ziehen zu lassen, scheiterte sie kläglich. Mit viel Mühe gelang es ihr, lächelnd zu winken. Sie sah ihr eine Weile nach, bis die Schlussleuchten des winzigen Autos nicht mehr zu sehen waren. Sie lächelte nachdenklich. Natürlich wünschte sie Ramona Glück für ihre Beziehung mit Theo. Wenn sie in Hamburg leben wollte, würde Stella es akzeptieren. Ihren Gedanken nachgehend bemerkte sie einen Schatten. Rasch drehte sie sich um. Sie sah direkt in Michaels Augen.

»Ich bin da, Engel.« Liebevoll nahm er sie in die schützenden Arme. Stella ließ sich erleichtert hineinfallen.

»Danke, dass du da bist«, hauchte sie und schloss für einen Moment ihre Augen. Von Ramona hatte sie Abschied genommen, Michael blieb bei ihr. Ihre am Anfang zarte Bindung war in den Sommermonaten zu einer Einheit gewachsen, die Stella Verlässlichkeit und Zuversicht gab. Aus einem Morgen mit hingebungsvoller Leidenschaft war Liebe entstanden. Mit Hauke hatte sie regelmäßigen Telefonkontakt. Sie hatten zu ihrer Freundschaft zurückgefunden. Michael hatte eine Zeit lang gebraucht, um die immer wieder stark aufkommende Eifersucht zu überwinden.

Kurz nachdem Ramona aus St. Peter-Ording fortgegangen war, fühlte Stella sich plötzlich kränklich. Es gelang ihr nur schwer, morgens aus dem Bett zu kommen. Ihre Glieder schmerzten, eine leichte Übelkeit ließ ihren Magen rebellieren. Michael ordnete Bettruhe an. Er brachte ihr einen Tee in ihr Zimmer und sah sie sorgenvoll an.

»Du hast dich übernommen in der *Pommes-Königin*, dein Körper braucht Ruhe. Er muss mit dem Gewichtsverlust klarkommen, das ging viel zu rasch.«

Stella betrachtete ihre Figur unter dem Nachthemd. Sie hatte nur bemerkt, dass ihre Kleider an ihr schlotterten. Da sie überhaupt keine Zeit für Stadtbummel hatte, griff sie ständig zu den Sachen, die ihr Kleiderschrank hergab.

»Bleibe heute im Bett«, ordnete Michael an. »Wenn es nicht besser wird, bringe ich dich zum Arzt.«

»Erstens brauche ich keinen Doktor, zweiten muss ich arbeiten und drittens bist du nicht mein Kindermädchen.« Stella registrierte, wie trotzig ihre Worte klangen. Sofort bereute sie ihren Ausbruch. Michael ließ sich nicht beirren. Ihre Reaktion zeigte ihm offensichtlich, wie miserabel es ihr ging.

»Ich vermisse Sam und ich habe Angst, dass er mit Jan in Kanada bleibt. Wenn ich den Hof zusätzlich leiten muss, habe ich überhaupt keine Freizeit mehr.«

»Wir stellen doch einen Verwalter ein, und ich werde meine Praxis hier einrichten. So bin ich vor Ort, um ein Auge darauf zu haben. Ich kann es mir sowieso nicht vorstellen, dass Sam auf Dauer in Kanada leben möchte. Warte ab, bis die beiden zurück sind.«

»Meinst du? Ehrlich gesagt wünsche ich mir, dass er hierbleibt.«

»Bitte, tu dir einen Gefallen. Ruhe dich heute aus.«

Wider Erwarten nickte Stella. Sie zog sich die Decke über die Ohren und kuschelte sich tief hinein. Michael ging zufrieden in den Stall, um die Pferde zu versorgen.

Kurz darauf warf Stella die Decke zur Seite und rannte ins Bad. Ihr war heiß, mit wackligen Beinen duschte sie ihren Körper ab. Wenn doch nur diese Übelkeit vergehen würde. Stella dachte an den Fisch, den sie am Vorabend gegessen hatte. Sie schwor sich, keinen Fisch mehr zu sich zu nehmen. Dennoch wütete zusätzlich etwas Anderes in ihrem Körper.

Stella schlich in die Küche, um ein Glas Wasser zu trinken. Tine erschrak sichtlich, als sie ihre Chefin sah.

»Kann ich etwas für dich tun, Stella? Du siehst zum Fürchten aus.«

Ein Kichern rutschte aus Stellas Kehle. »Völlig unbegründet, ich beiße nicht. Ich habe keinen Appetit.«

»Es ist sicher alles zu viel für dich gewesen in letzter Zeit. Du kannst dich gerne einmal ausruhen«, gab Tine zu bedenken. Sie stellte einen Tee für Stella bereit. Sie nahm ihn dankbar an. Grübelnd kehrte sie in sich. Was war nur los mit ihr? Ramona fehlte ihr. Aber konnte dies dazu führen, dass es ihr so mies ging? Sie überlegte, tatsächlich kürzer zu treten, hatte jedoch noch keine Vorstellung, wie sie es organisieren sollte.

»Ihr habt sicher alle recht, ich werde mir überlegen, wie ich es anstellen kann. Ich hoffe, morgen geht es mir besser.«

Tine lächelte. »Ich wünsche es dir von Herzen, aber ich glaube, dein Körper schreit nach Ruhe. Ich bin sicher, er zwingt dich gerade dazu.«

Verwirrt sah Stella sie an. »Du meinst, mein Inneres macht so einen Mist mit mir? Dem werde ich was erzählen.« Sie raffte sich auf und ging duschen. Das fehlte noch, dass ihr Körper ihr Vorschriften machte.

Die Morgentoilette strengte sie an, aber sie schaffte es dennoch, danach eine Kleinigkeit zu frühstücken.

»Tine, ich gehe zu den Pferden.« Ihr war nur noch ein wenig schwindelig, ansonsten waren die Übelkeit und die Muskelschmerzen verschwunden.

Tine seufzte. »Pass bitte auf dich auf.«

Stella nickte nur und verließ die Küche.

Stallone hatte sich den Sommer über zu einem prachtvollen Hengst entwickelt. Vor fast einem Jahr hatte er in Westerhever das Licht der Welt erblickt. Stella gewöhnte ihn nun an die Satteldecke. Er blieb erstaunlich friedlich bei der Anprobe eines Sattels. Sam hatte ihr das Versprechen abgenommen, beim Einreiten von Stallone nie Alleingänge zu unternehmen. Sie wollte ihm ohnehin Zeit geben bis zum nächsten Frühjahr. Ob Sam dann noch hier wäre? Oder ganz in Kanada? Sie vermisste ihn jetzt schon. Wie sollte es werden, wenn er ganz weg war? Sie dachte an ihr Leben mit Holger. Er hatte keine Kosten und Mühen gescheut, ihren Unterhalt, den er ihr zugesagt hatte, zu streichen. Vor einigen Monaten hatte er sie in der *Pommes-Königin* beobachtet. Er war, nicht ohne Grund, der Meinung, dass sie seine Zahlungen nicht benötigte. Stella hatte alles, was sie bereits erhalten hatte, einem Kinderhilfswerk gespendet. Sie selbst wollte seine Zuwendungen nicht in Anspruch nehmen und entließ ihn gönnerhaft von seinen Verpflichtungen. Verzicht auf gegenseitige Versorgung. Es war ihr gelungen, von einer Zahlung ihrer Erbschaft frei zu kommen. Hans wäre ungemütlich geworden, wenn er erfahren hätte, dass Holger Vorteile durch das Vermögen, welches er Stella hinterlassen hatte, ergattert hätte. Stella lächelte bei dem Gedanken an ihren Vater.

Sie führte Stallone aus dem Stall, um mit ihm über die Wiesen zu wandern. Ein Gefühl von Freiheit überkam sie und machte sie glücklich. Als sie zurückkehrte, rumorte es erneut in ihrem Magen. Sie schwitzte, obwohl sie überzeugt war, ihren Spaziergang nicht übertrieben zu haben. Mit zitternden Fingern löste sie das Zaumzeug ihres Pferdes, versorgte es mit Hafer und schlich gekrümmt ins Haus zurück.

Es war niemand da. Michael tätigte Hausbesuche und würde erst spät zurückkommen. Erschöpft lag sie auf ihrem Bett. Sie überlegte, ob ein Anruf in der *Pommes-Königin* vonnöten sein könnte, entschied aber, nicht anzurufen.

Sie schlief durch bis zum nächsten Morgen. Sie bemerkte nicht, dass Michael neben ihr ins Bett gegangen war. Sie erwachte gerädert und verwirrt.

»Es geht dir nicht besser, oder?« Michael sah sie besorgt an.

»Nein«, krächzte sie müde. »Langsam nervt das, ich muss

arbeiten. Dieses Rumliegen ist nichts für mir. Ich werde heute einen Arzt aufsuchen. Vielleicht hat er Wunderpillen und ich bin schnell wieder fit.«

»Ich begleite dich, du kannst unmöglich Auto fahren.«

»Quatsch, du musst in die Praxis, außerdem ging es mir gestern Vormittag auch einigermaßen.«

Michael sah sie zweifelnd an. »Ich weiß nicht, Stella. Was wäre, wenn dir etwas zustößt?« Stella musste lachen. »Mir passiert doch nichts, wie kommst du nur darauf?«

Sie erinnerte sich plötzlich daran, dass Michaels Verlobte vor zehn Jahren bei einem Autounfall ums Leben gekommen war. Er konnte dieses Unglück nie richtig verwinden.

Stella sah ihn zärtlich an. »Liebling, bitte mach dir nicht so große Sorgen. Ich schaffe das bestimmt. Ich rufe dich an, wenn ich zurück bin.« Sie küsste ihn auf den Mund, um dann im Bad zu verschwinden. Michael wusste sehr genau, Stella mochte es nicht, wenn er sie zu sehr behütete. Sie konnte es gar nicht leiden, wenn er vor Sorge umkam.

Stella hoffte, er würde es akzeptieren können, auch wenn er beunruhigt sein würde. Stella hörte, wie ein Notruf einging. Er musste zu einem verletzten Tier nach SPO.

»Verdammter Mist«, fluchte er leise. Michael hatte keine Vertretung. Die Praxis seines Kollegen stand nach dessen Ruhestand leer. Auf einen Nachfolger wartete die Gemeinde seit Jahren. Zerknirscht verabschiedete er sich von Stella und fuhr vom Hof.

Stella machte sich auf den Weg zum Hausarzt Dr. Schröder. Sie wollte früh dort erscheinen, um Wartezeit zu vermeiden. Pünktlich um acht Uhr öffnete sie die Tür zum Warteraum. Die Sprechstundenhilfe erkannte sofort, wie schlecht es ihr ging. Stella war erleichtert, sofort ins Behandlungszimmer geführt zu werden. Dort saß sie auf dem bequemen Sessel und wartete auf Dr. Schröder. Sie kannte ihn von früher. Er war bereits seit vielen Jahren der Hausarzt der Familie Clausen.

»Guten Morgen, Stella …« Dr. Schröder brach ab. Prüfend sah er sie an. »Wie siehst du denn aus?«

Stella misslang ein Grinsen. »Ich hoffe, du sagst es mir gleich und gibst mir ein Wundermittel, damit ich meine Arbeit wiederaufnehmen kann.«

Einige Untersuchungen folgten. Seit einer Stunde wartete sie ungeduldig auf das Ergebnis.

Dr. Schröder nahm an seinem Schreibtisch Platz. Er strahlte sie an. »Herzlichen Glückwunsch, Mama Stella.«

Stella sah ihren Arzt verständnislos an. Regungslos starrte sie den Mediziner an. Etwas stimmte wirklich nicht mit ihr. Sie musste sich verhört haben. Unmöglich, sie konnte nicht schwanger werden. Sie hatte mit Holger zusammen etliche Tests unternommen. Dabei war sie immer mehr verzweifelt. Zu den Besprechungen hatte sie Holger alleine geschickt. Sie konnte damals die niederschmetternden Diagnosen nicht mehr ertragen.

Mit hängenden Schultern war Holger immer wieder nach Hause gekommen, um ihr mitzuteilen, dass sie nie schwanger werden könnte.

»Das muss ein Irrtum sein, ich bin unfruchtbar.«

»Ich irre mich bestimmt nicht, die Ergebnisse sind eindeutig.« Er lächelte sie väterlich an. Stella sah ihn fassungslos an. Sie war sechsunddreißig. Ein Kind! Wollte sie es überhaupt noch? Andersherum, hatte sie jetzt noch die Wahl?

»Freue dich, Stella, ein Kind ist ein Geschenk des Himmels.« Sie atmete schwer, ihr Herz raste.

»Verflucht, ich freue mich!« Sie strahlte glücklich. Erleichtert ließ Dr. Schröder seinen Stift fallen.

»Na, endlich.« Er lachte. »Ich gebe dir ein Medikament, damit du dich besser fühlst. Ich würde dir trotzdem raten, einen Gynäkologen aufzusuchen. Er wird dich während der Schwangerschaft betreuen.«

Schwangerschaft, wie wundervoll das klang. Sie wollte so

schnell wie möglich zu Michael. Rasch bedankte sie sich bei ihrem Arzt und verließ beschwingt die Praxis.

Als sie den Zündschlüssel umdrehen wollte, erstarrte sie. Panisch suchte sie ihr Handy aus der Handtasche. Es ertönte ein Freizeichen. Sie hatte Glück, die Verbindung nach Kanada funktionierte. Die warme Stimme ihres Bruders drang an ihr Ohr.

»Sam!« Stella begann zu weinen.

»Engelchen, ist etwas passiert?« Sams Stimme klang besorgt.

»Ich bekomme ein Baby!« Sie schrie hysterisch in den Hörer.

»Ich werde Onkel?«, fragte Sam überflüssigerweise. »Aber warum freust du dich nicht? Es war doch schon immer dein größter Wunsch. Will Michael es nicht?«

»Er weiß es noch nicht, ich komme eben vom Arzt. Sam, was ist, wenn es nicht von ihm ist? Es würde Michael das Herz brechen.« Sie schluchzte bitterlich. »Vielleicht ist es von Hauke?«

Verzweifelt starrte Stella aus dem Fenster ihres Wagens und sah sich um. Sie wollte sichergehen, dass niemand sie erkannte. Sam schwieg.

»In welcher Woche bist du?«, wollte er wissen.

»Vierte. Aber was hat es damit zu tun?«, fragte sie kindlich. Sam begann zu lachen.

»Hattest du in letzter Zeit Sex mit Hauke?«

Stella empörte sich. »Was denkst du von mir? Ich habe ihn nicht mehr gesehen, seitdem ich in Calden war.

»Liebes Schwesterherz, wenn du nicht noch jemanden verführt hast, kann nur Michael der Vater sein. Der weibliche Zyklus schließt alles andere aus. Beruhige dich.«

Stella schluckte. »Stimmt«, piepste sie kleinlaut. »Warum bin ich nicht darauf gekommen?« Sie kicherte erleichtert. »Wieso kennst du dich so gut mit Frauen aus?« Stella wurde albern.

Sam lachte schallend. »Damit quälte ich mich überflüssigerweise in der Schule herum. Einiges ist doch bei mir hängen geblieben.« Sam prustete los. Stella schien total aus der Spur geraten zu sein. Natürlich hätte sie wissen müssen, dass Hauke nicht der Vater sein konnte.

»Oh, Sam, ich bin ein Trottel. Danke, dass du für mich da bist. Ich käme schlichtweg unter die Räder ohne dich.«

Die Geschwister verfielen in Gelächter.

»Ich verrate niemandem, dass ich es als Erster erfahren durfte. Du musst es Michael sagen«, erinnerte er sie.

»Ich spreche heute mit ihm«, versprach Stella feierlich. »Wie geht es euch in Kanada? Durftest du die Farm besichtigen, für die du dich interessiert hast?« Sie hielt die Luft an. Gleich offenbarte er ihr sicherlich, dass er dortbleiben würde.

»Dieses Land ist ein Traum. Wir genießen jede Minute.«

Stella sank in sich zusammen. Sam und Jan gedachten, Westerhever zu verlassen. Da gab es keinen Zweifel.

»Die Farm, war leider ein Flop.«

»Das ist schade«, log Stella. »Gibt es eine Alternative?«

»Definitiv nicht.«

Stella atmete auf. Wenn Sam keine Bleibe finden würde, bliebe er vielleicht bis zur Geburt ihres Kindes in der Heimat. Sie fände es unerträglich, wenn Sam ihr Kind nur von Bildern kennenlernen würde.

»Stella?«

»Ja?«

»Wir kommen zurück, um zu bleiben.« Sam schwieg.

»Oh!« Stella applaudierte innerlich, hörte aber trotz alledem vorläufig den Berichten ihres Bruders zu. Atemlos lauschte sie seinen Worten. Sie lachte glücklich in den Hörer.

»Sam! Ist das wahr?«

»Ja, und wir sind erleichtert über unsere Entscheidung. In zwei Wochen sind wir zu Hause.«

Stella jubelte lauthals ins Telefon. Sam stimmte fröhlich mit ein. Jan rief ihr ausgelassen zu:

»Schwägerin, du kannst gerne 'ne Party für uns feiern.«

»Das mache ich, definitiv.« Dieser Tag war bei Weitem der schönste seit Monaten.

Sie hielt betroffen inne. »Sam? Seid ihr glücklich?«

Unisono riefen beide: »Ja!«

Stella lächelte vor lauter Glück. Sie besann sich darauf, dass Michael wartete und beendete das Gespräch, indem sie den roten Telefonhörer auf ihrem Handy betätigte. Sofort stellte sie nun eine Verbindung mit Michael her.

»Hallo, mein Herz, es ist alles okay, nur ein kleiner Infekt«, schwindelte sie und wurde rot vor Aufregung. »Kommst du bitte in zwanzig Minuten zum Leuchtturm? Bitte!«

»Meine Güte, ich bin froh. Zum Turm?« Er zögerte. »Ja, gut, du hast wie immer recht, wir brauchen eine Auszeit. Bis gleich.« Er legte auf.

»Das ging ja einfach«, murmelte sie zufrieden. Stella fuhr eilig zum verabredeten Treffpunkt, sie wollte unbedingt vor ihm dort sein. Hoffentlich freute Michael sich über die Neuigkeiten. Es könnte durchaus sein, dass er keine Kinder wollte. Gesprochen hatten sie darüber bisher nicht. Mit klopfendem Herzen hielt sie auf dem Parkplatz und sah sich um, ob Michael schon auf sie wartete. Mit wackeligen Knien krabbelte sie aus ihrem Auto. Die Ankunft des SUVs zauberte ein Lächeln auf ihr Gesicht. Endlich, er war da. Scharf bremsend brachte er sein Auto zum Stehen. Mit großen Schritten kam er auf Stella zu. Sorgenfalten auf der Stirn verrieten Stella, dass er immer noch nicht beruhigt war. Sie lief ihm entgegen und fiel in die starken Arme des unwissenden Vaters. Zärtlich verschmolzen ihre Küsse miteinander. Außer Atem bat Stella darum, loszugehen.

»Solltest du nicht das Bett hüten?« Stella lachte übermütig, obgleich sie ebenfalls Bedenken hatte, den Marsch zu schaffen.

»Unsinn, ich brauche frische Luft. Hat Dr. Schröder ausdrücklich gesagt.«

»Im Garten hättest du auch genug davon.« Stella wimmelte die Bedenken ab. Sie zog Michael zum Deich. Michael nahm ihre Hand in seine. Er gab Stella die Sicherheit und Liebe, auf die sie lange gewartet hatte. Sie sprachen über die anfänglichen Schwierigkeiten zu Beginn ihrer Romanze. Sie lachten über den Morgen im Stall und waren traurig über die Wochen, in denen sie keinen Kontakt miteinander gepflegt hatten. Beide waren sich einig darüber, wie vertan diese Zeit gewesen war. Michael sah sie unentwegt von der Seite an, so als wollte er überprüfen, ob sie den Weg schaffen würde. Er schien zu spüren, dass Stella zunehmend nervöser wurde. Eine Erklärung wollte sie ihm dennoch nicht geben. Sie hatte sich einen anderen Moment dafür ausgedacht. Endlich erreichten sie den Leuchtturm. Stella warf sich sofort auf die Bank und deutete ihm an, es ihr gleich zu tun. Zögernd setzte er sich zu ihr.

»Stimmt etwas nicht, Stella?«

»Ich hoffe, du wirst es mir gleich sagen«, gab sie zur Antwort. Sie grinste ihn an. Dicht an Michael gekuschelt blickte sie zum Himmel. Die Sonne gab ihre herbstlichen Strahlen großzügig her. Stella hielt ihr Gesicht hoch und genoss die Wärme. Mit dem Zeigefinger deutete sie nach oben.

»Dort oben leuchten in der Nacht Millionen von Sternen. Jedes Lebewesen besitzt so einen Himmelskörper. Wusstest du, dass täglich welche dazukommen?«

Michael zog die Augenbrauen hoch. Er räusperte sich. »Ich bin astrologisch nicht versiert, aber wenn du es sagst. Durchaus möglich.«

Stella kicherte verzückt. »Dann wird es aber Zeit, dass wir in einigen Monaten noch einen Stern hinzufügen.«

Michael zuckte erschrocken zusammen. »Willst du sterben?« Er sprang auf.

Stella sah erstaunt zu ihm hoch. Dann lachte sie schallend. »Dummerchen, ich spreche vom Leben.«

Michael verstand immer noch nicht, worauf Stella anspielte.

»Michael, wir bekommen ein Baby.« Ihre Augen füllten sich mit Tränen. »Du bist aber auch schwer von Begriff«, schmunzelte sie mit feuchten Augen.

Dem werdenden Vater fehlten nun endgültig die Worte. Er stürzte auf Stella zu, nahm ihr tränennasses Gesicht in beide Hände und küsste es stürmisch trocken.

»Sternchen, wir werden Eltern?« Ungläubig betrachtete er seinen Engel. Stella nickte hefig. Ihr fehlten die Worte. Sie war erleichtert darüber, dass Michael erfreut über die Nachricht war.

»Wann ist es so weit? Wir brauchen ein Kinderzimmer. Wo wohnen wir? Du machst mich gerade zum glücklichsten Menschen der Welt.«

Stella lachte vergnügt. »Nun mal langsam, wir haben Zeit.« Sie streichelte versonnen ihren flachen Bauch. »Die Wohnsituation ist eine gute Frage. Sam und Jan bleiben bei uns. Der Clausen-Hof könnte wahrlich an seine Grenzen stoßen.«

»Das heißt, du ziehst zu mir? Da wird die Prinzessin genug Platz haben.«

Überrascht sah Stella ihn an.

»Warum denkst du, dass es kein Prinz wird?«

»Ich weiß es eben«, grinste Michael geheimnisvoll. »Ich werde sie auf Händen tragen. Ebenso die wunderschöne Mutter.« Er sank auf die Knie.

»Liebes, magst du einen mittellosen Veterinär heiraten?«

Stella hockte sich zu ihm herunter. Sie ergriff Michaels Gesicht und gab ihm einen zarten Kuss.

»Nein. Ich will mein Leben mit dir teilen. An deiner Seite eine Oma werden, einen Trauschein brauche ich dafür nicht. Glaube mir, Michael, ich liebe dich über alles. Bitte frage mich nicht mehr.«

Michael half ihr beim Aufstehen und hielt sie umschlungen. »Wenn du es dir anders überlegst, sage es mir, in Ordnung?«

Stella nickte entschlossen. »Wollen wir zurückgehen?«

Eng umschlungen verließen sie das Wahrzeichen ihrer Heimat. Für beide blieben die Leuchtturmtage ein bedeutender Bestandteil ihrer Liebe.

Stella sah zum Himmel, sie spürte die Blicke ihres verstorbenen Vaters. Er lächelte ihnen zu.

* * *

Ende